红色基因
传承系列丛书

黄永仓 黄玉雨 **主编**

红色地标中的故事

济南出版社

图书在版编目（CIP）数据

红色地标中的故事 / 黄永仓, 黄玉雨主编. —济南：
济南出版社, 2022.5（2024.5重印）
（红色基因传承系列丛书）
ISBN 978-7-5488-5144-8

Ⅰ. ①红… Ⅱ. ①黄… ②黄… Ⅲ. ①革命故事 – 作
品集 – 中国 – 当代 Ⅳ. ①I247.81

中国版本图书馆CIP数据核字（2022）第082676号

出 版 人	谢金岭
图书策划	胡长粤
责任编辑	李 媛
	刘秋娜
装帧设计	胡大伟
	陈致宇

红色基因传承系列丛书：红色地标中的故事　黄永仓　黄玉雨　主编

出版发行	济南出版社
地　　址	济南市市中区二环南路1号（250002）
发行电话	（0531）67817923　86922073
	86131701　86018273
经　　销	各地新华书店
印　　刷	山东联志智能印刷有限公司
版　　次	2022年6月第1版
印　　次	2024年5月第2次印刷
成品尺寸	170mm×240mm　16开
印　　张	10
字　　数	146千
定　　价	49.00元

让红色地标诉说信仰之美

（代 序）

习近平总书记指出，中国革命历史是最好的营养剂，并特别指出"要把红色资源利用好、把红色传统发扬好、把红色基因传承好"。红色地标见证的是历史，承载的是信仰，记录的是中国革命和建设的伟大历程，是党和国家的宝贵财富，是弘扬革命光荣传统、加强社会主义精神文明建设、激发爱国热情、振奋民族精神的生动教材，是实现中华民族伟大复兴中国梦的力量源泉。

一个国家，一个民族，要同心同德向前迈进，必须有共同的理想信念做支撑。早在2004年，党中央、国务院就做出发展红色旅游的重大决策，其战略意义就是使红色地标成为大力弘扬以爱国主义为核心的民族精神和以改革创新为核心的时代精神、积极培育和践行社会主义核心价值观的重要载体。实践证明，随着红色地标建设在全国遍地开花、日益完善，这一战略取得了巨大成就。而党的十九届五中全会上通过的《中共中央关于制定国民经济和社会发展第十四个五年规划和二〇三五年远景目标的建议》中也提出要发展红色旅游，发展红色旅游在加强爱国主义和革命传统教育、培育和践行社会主义核心价值观、促进社会主义精神文明建设方面具有重要价值。

一处处红色地标汇聚成一个永恒的红色基因库，一个个革命故事组合为一本鲜活的爱国主义教科书。点亮红色地标，追忆革命故事，让红色地标诉说信仰之美，筑牢信仰之基，补足精神之钙，理想信念之火才能燃得更加炽烈，革命事业才会更加兴旺发达。为此，我们从全国各地筛选了59处有影响力的红色地标，按照时间先后的顺序进行认真研究编写，编写过程中坚持有址可寻、有物可看、有史可讲、有事可说，力求主题突出、导向鲜明、内涵丰富、图文并茂。

从上海《新青年》编辑部旧址到嘉兴红船，从八角楼到泸定桥，从白洋淀到杨家岭，从西柏坡到红旗渠，从小岗村到开山岛……每打卡一处红色地标，必讲述一篇精彩的革命故事，并链接一个历史知识，让每一位读者足不出户就能感受到穿越时空的生命力、感召力和影响力，以春风化雨、润物无声的方式，进行革命传统教育、爱国主义教育和青少年思想道德教育。毫不夸张地说，读完全书对我党我军历史就有了一个全面的了解和系统的掌握，这也是我们出版这本书的初衷。

人民有信仰，民族有希望，国家有力量。在实现富国强军的新征途上，我们面临许多"雪山""草地"，有许多"娄山关""腊子口"需要攻克，唯有利用好红色地标，传承红色基因、赓续红色血脉，从中汲取前进的精神力量，才能早日实现中华民族伟大复兴的中国梦。让我们积极行动起来，加大红色资源保护宣传利用力度，让每一处红色地标都诉说着信仰之美、使命之重、英雄之气，在新时代焕发出新的光彩，激励着我们不忘初心、牢记使命，走好新时代的长征路。

目 录

宝塔山

八角楼

小岗村

解放阁

上海《新青年》编辑部旧址

位于上海市黄浦区南昌路与雁荡路交界处，南昌路 100 弄（原环龙路老渔阳里）2 号。这是一幢建于 1912 年的二层砖木结构的旧式石库门里弄住宅，坐北朝南，一正一厢，独门独户。1920 年初，陈独秀自京抵沪，在此寓居，《新青年》编辑部也随迁于此。在中华人民共和国成立后的很长一段时间里，这里一直作为居民住宅使用，直到 2016 年 7 月，上海启动了"党的诞生地发掘宣传工程"，《新青年》编辑部旧址的修缮工作被提上日程。2020 年 7 月，修缮一新的旧址对外开放，进行试运营。同年 8 月，旧址更名为"中国共产党发起组成立地（《新青年》编辑部）旧址"。先后被评为"上海市文物保护单位""上海市爱国主义教育基地"。

革命故事

革命的火种

1920 年春天，陈独秀为躲避北洋军阀的监视，在李大钊等人的帮助下由北京来到上海，后入住老渔阳里 2 号（今黄浦区南昌路 100 弄 2 号），《新青年》杂志也随迁回上海。自此，陈独秀已经是一个彻底的马克思主义者，《新青年》逐渐由启蒙刊物转变为革命刊物，成为马克思主义的传播阵地和无产阶级政党理论武装的先导。

这一年，共产国际代表维经斯基经李大钊介绍到上海会见陈独秀，在老渔阳里 2 号商讨建立中国共产党的问题。5 月，毛泽东来上海，曾到这里拜访陈独秀，讨论马克思主义和湖南改造等问题。6 月，陈独秀与李汉俊、俞秀松、施存统、陈公培等人在此开会商议，决定成立共产党组织。8 月，上海的共产党早期组织成立，取名为中国共产党。这是中国的第一个共产党组织，实际上起着中国共产党发起组的作用。

很多共产党员经常在老渔阳里 2 号开会，讨论党的工作和工人运动等问题。他们通过写信联系、派人指导或具体组织等方式，积极推动各地共产党早期组织的建立。与此同时，《新青年》

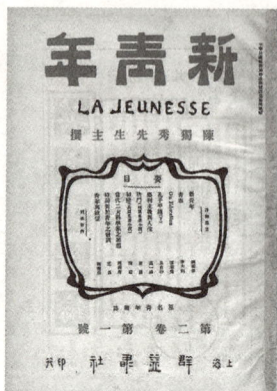

《新青年》创刊号　　　　《新青年》杂志第二卷第一号

改为共产党的机关刊物。1920 年 11 月 7 日，《共产党》月刊在老渔阳里 2 号创办，李达担任编辑。同年底，陈独秀前往广州，担任广东省教育委员会委员长，《新青年》交由陈望道负责，沈雁冰、李达、李汉俊在此参加编辑工作。中共一大召开后，中共中央局机关在此办公。

1921 年 9 月，陈独秀从广州返沪主持中央局工作，与李达、张国焘经常在老渔阳里 2 号讨论党的工作。由于《新青年》经常发表介绍和宣传俄国十月革命、马克思主义和社会主义的文章，引起了法租界巡捕房的注意。1921 年 10 月和 1922 年 8 月，陈独秀两度在老渔阳里 2 号被法租界巡捕房拘捕。1922 年 9 月，中央局机关和陈独秀转移至别处，老渔阳里 2 号结束了自己光辉的历史使命。老渔阳里开天辟地的革命火种，蕴藏着不可忘却的初心。

历 史 链 接

《新青年》是一份在 20 世纪 20 年代的中国具有很大影响力的革命杂志，由陈独秀在上海创立，群益书社发行，自 1915 年 9 月 15 日创刊至 1926 年 7 月终刊，共出 9 卷 54 号。其原名《青年杂志》，第二卷起改称此名。该杂志凝聚了当时中国一大批优秀的知识分子，如鲁迅、胡适、刘半农、钱玄同、周作人、沈尹默等，堪称一代大师的群英会。《新青年》发起了新文化运动，并且宣传倡导科学、民主与新文学，在五四运动期间起到重要作用。在中国近现代历史上，《新青年》的影响力是毋庸置疑的。

中共一大会址

位于上海市黄浦区兴业路 76 号（原望志路 106 号），坐北朝南，是一处典型的上海石库门建筑，砖木结构，上下两层，外墙以清水石砖为底，其中镶嵌白色粉线，弓形的门楣施以矾红色雕花，大门以黑漆为主色调，门框围有米黄色石条，简约古朴，不饰华丽。1920 年秋，辛亥革命元老、护国军总司令李书城和弟弟李汉俊租住这里。当时李书城属于政界名流，人们便将兄弟二人的住所称为"李公馆"。1921 年 7 月 23 日至 30 日，中国共产党第一次全国代表大会在这里举行。1952 年后，"李公馆"成为中共一大会址纪念馆。1961 年，纪念馆被国务院列为第一批"全国重点文物保护单位"；1997 年，入选中宣部首批"全国爱国主义教育示范基地"；2016 年，入选首批"中国 20 世纪建筑遗产项目"名录。

革命故事

从这里出发

1921 年初，湖北人民不堪忍受军阀王占元的残酷统治，掀起了驱王自治运动，公推李书城出任湖北自治军司令，为驱王运动的领导人。

李书城返鄂后不久，弟弟李汉俊开始了紧锣密鼓的建党工作。李汉俊留学日本期间，对马克思主义学说的

中共一大会址内景

中共一大会址

认识和理解日益精进，回国后，在李大钊、陈独秀等一批早期马克思主义践行者的引领带动下，李汉俊把全部精力投身于共产主义革命运动中。

此时，陈独秀在广州任广东省教育委员会委员长，他委托李汉俊为代理书记，负责上海党组织的工作。1921 年 6 月，共产国际驻中国的代表、荷兰人马林和共产国际远东局代表尼克尔斯基相继抵达上海，与李汉俊、李达在"李公馆"秘密会见。他们了解到中国的七八个中心地区有了共产党的早期组织和活动，就建议尽快召开全国代表大会，成立全国统一的共产党组织。李汉俊、李达随即与陈独秀、李大钊通信商议，决定在上海召开中国共产党第一次全国代表大会。

李汉俊与李达经过反复磋商，选定"李公馆"为开会场所。一是利用李书城的显赫声望做掩护；二是这里地处市郊，周围环境比较僻静，利于会议安全进行。为安全稳妥起见，1921 年 6 月 24 日，陈独秀、李大钊、李汉俊等 15 人联名在上海《民国日报》副刊《觉悟》上刊登《〈新时代丛书〉编辑缘起》一文，还特意公布通信地址为"上海贝勒路树德里一百零八号"（即望志路 108 号后门弄堂门牌）。李汉俊回国后一直从事编辑写作工作，在他家举行编辑机构组织的活动，不太容易引起外界的注意。

7 月 23 日晚，口音不同、衣着各异的一大代表怀着对共产主义远大理想的憧憬，陆续走进"李公馆"。他们是上海的李汉俊、李达，北京的张国焘、刘仁静，长沙的毛泽东、何叔衡，武汉的董必武、陈潭秋，济南的王尽美、邓恩铭，广州的陈公博，留日学生周佛海，以及陈独秀委派的包惠僧。共产国际代表马林和尼克尔斯基列席会议。他们在客厅围着餐桌坐在一起，酝酿一件开天辟地的大事——成立中国共产党。

7月30日晚，一大举行第六次会议（闭幕会议）时，法租界巡捕房密探闯入会场，借口说找错了地方，匆匆离去。具有秘密工作经验的马林感到有问题，当即建议休会转移。李汉俊打开平日里紧闭的"李公馆"前门，掩护代表们迅速撤离，并不顾个人安危，留下善后。

代表们刚离开会场，望志路就突然响起了尖厉的警车鸣笛声。接着，十多名法租界巡捕闯入"李公馆"。李汉俊利用哥哥李书城的政治声望和影响力做掩护，与巡捕周旋，巡捕们例行公事地做了一些盘问，便草草收场。

"李公馆"不能再开会了。8月3日，中共一大代表乘火车转移到浙江嘉兴，在嘉兴南湖的一艘画舫上继续举行一大最后一次会议，通过了会议文件，选举了中央局，陈独秀当选为党的总书记。

1964年，毛泽东在会见著名爱国民主人士、首任农业部部长李书城时说："你的公馆里诞生了伟大的中国共产党，是我们党的'产床'啊！"

历史链接

李汉俊通晓日、德、英、法四国语言，在"李公馆"撰写和翻译了大量介绍马克思主义的文章和著作，为马克思主义和俄国十月革命资讯传播做出了重要贡献。从1919年到1921年，他在《新青年》《劳动界》《共产党》等报刊上发表了90余篇文章和译文。陈望道翻译《共产党宣言》时，李汉俊对照日文版和英文版认真校对。这些介绍马克思主义的著作和文章，影响了包括毛泽东、刘少奇、周恩来等为代表的整整一代革命先驱。1920年夏，上海共产党早期组织创办了中国第一份工人阶级刊物《劳动界》周刊，李汉俊担任主编，周刊编辑室就设在"李公馆"。毫不夸张地说，李汉俊以"李公馆"为基点从事的革命活动，为中国共产党的成立在思想上、理论上、组织上做了一定的准备。

嘉兴南湖红船

位于浙江省嘉兴市南湖区海盐塘路188号（近南溪西路）南湖景区内。1959年，为了纪念中共一大在南湖游船上胜利闭幕这一历史事件，因当年在南湖开会的游船已经在抗战时期绝迹，所以党中央决定仿制一条当年开会的游船，作为一大会议纪念船，停泊在烟雨楼前的水面上。红船长约16米，宽3米，船尾还有一条拖梢船。船头宽平，内有前舱、中舱、房舱和后舱，中舱内摆有一张方桌，当时中共一大就是在这里胜利闭幕的。1997年，南湖革命纪念馆入选全国首批"百家爱国主义教育示范基地"；2001年6月，嘉兴南湖中共一大会址被国务院公布为"全国重点文物保护单位"。

革命故事

中国革命从这里启航

1921年7月30日，中国共产党第一次全国代表大会因遭到法租界巡捕的袭扰，从上海转移到嘉兴南湖的一条游船上继续举行。就是在这条游船上，伟大的中国共产党诞生了。中国革命的航船，从这里扬帆启航。

提出到浙江嘉兴南湖租游船开会这一建议的是中共一大上海代表李达的夫人王会悟。嘉兴是她的家乡，她对南湖一带的情况比较熟悉。另外，从上海到嘉兴通火车，当天可来回，在南湖开会，既安全又方便，这个建议得到了代表们的一致赞同。

王会悟

8月2日，董必武、毛泽东、陈潭秋等一行在王会悟的引领下，坐火车提前一天到达嘉兴，在鸳湖旅馆开了两个房间作为代表们的歇脚之处，并请账房先生租用一艘画舫。他们事先上烟雨楼察看过地形，商定了开会时将游船撑到离湖心岛东南方向约200米的水面上，那里比较僻静，便于开会和警卫。

8月3日，其余代表从上海的北站出发，上午10时25分抵达嘉兴。广州代表陈公博因住宿的旅馆在晚上发生了枪杀事件，他误以为是冲着他来的，十分害怕，于是便带着新婚妻子去了杭州西湖。由于马林和尼克尔斯基是外国人，容易暴露目标，所以他们也没有出席南湖的续会。其他代表在王会悟的引导下，在嘉兴东门的狮子汇渡口登上摆渡船，到了南湖就换乘了租用的画舫。当时他们还特意准备了一副麻将牌以掩人耳目。

代表们围坐在八仙桌旁开会，中舱内时不时地传出争论声、鼓掌声，而王会悟就坐在船头望风放哨。一旦有别的游船靠近，她就哼起嘉兴小调，并用手指敲着舱门打节拍，来提醒代表们要注意了。下午3时以后，湖上游船逐渐增多，留声机里唱京戏的声音时隐时现。5时左右，湖面上一艘汽艇突然开得很快，王会悟立刻敲舱门报警，代表们以为是当局的巡逻艇，立即停会，并将早已准备好的麻将牌推倒在桌上，假装打起麻将来。后来了解到是一家绅士为儿子办喜事，开着汽艇在南湖兜

红船

风，代表们旋即解除警报，继续开会。南湖的续会从中午 11 时左右开始，到下午 6 时左右圆满结束。

会议取得了开天辟地的成果，通过了党的第一个纲领，确定党的名称为中国共产党，产生了第一个中央领导机构——中央局，通过了党的第一个决议——《关于当前实际工作的决议》。

就这样，中国共产党诞生了。从此，南湖成为重要的革命纪念地，南湖红船也成了今天中国红色之旅的必去"打卡地"。

历史链接

1959 年，南湖革命纪念馆根据王会悟的回忆，仿制了一艘丝网船模型，送到北京请董必武审定认可。此后，按模型原样仿制了一艘画舫，静静地停泊在南湖的湖心岛旁，迎接前来瞻仰的人们。1964 年 4 月 5 日，董必武重来南湖，仔细察看纪念船后题诗："革命声传画舫中，诞生共党庆工农。重来正值清明节，烟雨迷蒙访旧踪。"现在的南湖革命纪念船停泊处岸上，建有一座亭，亭内竖立着董必武的诗碑。1986 年，杨尚昆视察南湖，为亭题额"访踪亭"。1991 年 3 月 18 日，彭真登临纪念船时说："这船不大，但前途远大，有了这艘船，才诞生了社会主义中华人民共和国。"

橘子洲

位于湖南省长沙市岳麓区，是国家 AAAAA 级旅游景区，被誉为"中国第一洲"。景区在湘江江心，西临岳麓山，东临长沙城，四面环水，延绵数十里，狭处横约 40 米，宽处横约 140 米，是由湘江泥沙淤沉堆积而成的内陆绿洲，形状是一个长岛。1925 年，青年毛泽东挥毫写就的一首《沁园春·长沙》，则为这片绿洲刻上红色印记，注入了更加深刻恒久的红色基因。橘子洲景区是全国首批"红色旅游"经典景点之一。2021 年 6 月，橘子洲头毛泽东青年艺术雕塑被中宣部命名为"全国爱国主义教育示范基地"。

革命故事

革命的种子在这里播下

1910 年，湘江之畔，湖南长沙街头爆发了饥民暴动，百姓被残暴镇压，鲜血染红了识字岭。毛泽东后来称其"影响了我一生"，使他产生了让所有中国人都吃上饭的朴素愿望。

青年时期的毛泽东在橘子洲接受了新思想，也在这里种下了红色革命的种子。他经常和蔡和森、罗学瓒、张昆弟等人在湘江搏浪击水，横渡湘江。累了，便来到橘子洲头的一棵老朴树下休息，在树下评论国家大事，抨击社会腐败，求索宇宙真谛。大家正值青春年少，意气风发，劲头正足，橘子洲留下了毛泽东探索中国、寻求真理的足迹。

1921 年，毛泽东、何叔衡从湖南长沙湘江码头出发，作为党代表赶往上海参加中国共产党第一次全国代表大会。初心启航，橘子洲见证了青年毛泽东的远大理想。

橘子洲头毛泽东青年艺术雕塑

再也没有一座洲像橘子洲这般风云际会，让人心潮澎湃。1925年晚秋，毛泽东从广州回到湖南领导农民运动。当时，无论是中国革命形势的发展，还是毛泽东自身的境遇，都不尽如人意。国民党湖南省省长赵恒锡电令逮捕回韶山开展农民运动的毛泽东，在党组织和群众的帮助下，毛泽东离开故乡来到长沙。重游橘子洲时，他感慨万千，写下了著名的《沁园春·长沙》。当他看到"漫江碧透，百舸争流。鹰击长空，鱼翔浅底"，喷涌出"问苍茫大地，谁主沉浮"的澎湃之音。

秋天是萧瑟悲凉的，但在毛泽东的眼里，"万山红遍，层林尽染"，仿佛望见了一簇簇熊熊燃烧的烈火，一面面迎风招展的红旗，仿佛置身于如火如荼的革命斗争之中。

今天，一座气势恢宏的青年毛泽东艺术雕像矗立在橘子洲头，雕塑高32米，长83米，宽41米，是目前国内最大的伟人艺术雕像。强烈的视觉效果和艺术感染力，与橘子洲景区的自然景观完美结合，展现了伟人青年时代风华正茂、胸怀大志的气概。

历史链接

在长沙市岳麓区溁湾镇新民路，藏着5间青瓦白屋，四周竹篱环绕，几株香樟耸立，石径弯弯，菜畦纵横，这就是新民学会旧址。1918年4月14日，一个阳光灿烂的春日，毛泽东、蔡和森等13人在此成立新民学会，这是五四时期最早成立的以学生为主体的进步团体。新民学会旧址和相隔不远的橘子洲都是青年毛泽东常去的地方。正是这里，发出了建党的先声，埋下了红色的火种，并点燃了黑暗中的曙光，指引着中华大地风起云涌的百年巨变；也正是这里，镌刻了那段"恰同学少年，风华正茂；书生意气，挥斥方遒"的不朽时光。

江西大旅社

位于江西省南昌市中山路 380 号，是一栋中西合璧的建筑物，也是南昌起义中共前敌委员会和革命委员会所在地。1922 年，南昌商界知名人士李晋笙、包竺峰、罗和仲决定投资建设江西大旅社，旅社由设计师丁自明设计，耗资 40 万银圆，历时 2 年建成，是一座灰色洋房，上下四层，成为当时南昌城内最高、最豪华的酒店。"江西大旅社"（南昌八一起义纪念馆）入选中宣部首批"全国爱国主义教育示范基地"，被国务院批准列为"全国重点文物保护单位"，列入《全国红色旅游经典景区名录》。

革命故事

军旗升起的地方

1927 年，国民党蒋介石、汪精卫集团先后背叛革命，残酷屠杀共产党人和革命群众。在血雨腥风的白色恐怖下，要挽救革命，必须走武装反抗国民党反动派的道路。

7 月中旬，中共中央决定在南昌举行武装起义。7 月下旬，起义部队到达南昌，租下江西大旅社作为前敌委员会所在地，周恩来任前敌委员会书记，指挥起义。之所以选择江西大旅社，一方面是因为这里是南昌城内最豪华的旅社，是达官显贵集聚之地，鱼龙混杂，比较隐蔽；另一方面，这里离贺龙指挥部、叶挺指挥部都比较近，便于联络。

就在起义即将打响的关键时刻，共产国际派中央政治局临时常委张国焘赶赴南昌，传达指示。张国焘对争取第二方面军总指挥张发奎存有幻想，主张一定要得到他的同意后方能举行起义，周恩来听后愤慨地说道："现在形势已刻不容缓，我党应站在起义的领导地位，再不能依赖他人。"经过两天

江西大旅社

一夜的激烈争论，前委会议决定"起义不能拖延"。

8月1日，起义原定于凌晨4点举行，但由于第二十军的一个副营长投敌叛变，起义提前两个小时，改为凌晨2点举行。

按照前委的作战计划，第二十军第一师、第二师在位于今天子固路的贺龙指挥部向旧藩台衙门、大士院街等处守军发起进攻；第一军第二十四师在位于今天苏圃路南昌市第二中学内的叶挺指挥部向松柏巷、天主教堂、百花洲等处守军发起进攻，朱德麾下的军官教育团和公安局警察队随后也加入了战斗。

起义部队两万余人在周恩来、贺龙、叶挺、朱德、刘伯承的指挥下，打响了武装反抗国民党反动派的第一枪，向敌人发起了猛烈进攻。经过四个多小时的激战，起义部队完全控制了南昌城，歼灭南昌守敌3000多人，缴获机枪800多挺，步枪4000多支，子弹70多万发。

南昌起义的成功，标志着中国共产党开始独立创建革命军队和领导革命战争。而江西大旅社作为南昌起义中共前敌委员会和革命委员会所在地，见证了人民军队的诞生，被誉为"军旗升起的地方"。

历史链接

长期以来，许多人把江西大旅社称作南昌起义总指挥部所在地，这种说法是有问题的。李立三是当时前敌委员会的委员，他在参观八一起义纪念馆时曾说过这样一段话："当时领导八一起义的是党的前敌委员会，做具体工作的是军事参谋团，起义时的军事、政治都是由周恩来同志一手抓，因此无所谓总指挥部，名称上也不叫总指挥部。"参加起义的贺龙、陈公培、粟裕也先后在参观八一起义纪念馆时明确：江西大旅社是党的前敌委员会和革命委员会所在地。综合四人的说法，南昌起义时没有一个叫作"总指挥部"的机关，江西大旅社不是南昌起义总指挥部所在地，而是前敌委员会和革命委员会所在地。

八七会议会址

位于湖北省武汉市汉口鄱阳街 139 号，是 1920 年英国人建造的一排西式公寓中的一个单元。馆舍共三层，由基本陈列展厅、辅助陈列室、临时展厅、复原会场和办公用房构成。八七会议会址作为记录八七会议这一历史事件的重要载体，见证了中国共产党历史上第一次伟大的转折，在进行党史教育、爱国主义教育和革命传统教育中扮演着重要角色。1982 年，会址被国务院公布为第二批"全国重点文物保护单位"；2001年，被中宣部公布为"全国爱国主义教育示范基地"。

革命故事

历史的转折点

1927 年，"四一二"和"七一五"反革命政变发生，国民党反动派大肆捕杀共产党员和革命群众，中国被白色恐怖笼罩，处处血雨腥风。

在这生死存亡的关键时刻，中共中央决定在武汉召开紧急会议，经过仔细考量，会场设在汉口原俄租界三教街 41 号（现鄱阳街 139 号）二楼。这里曾是苏联驻国民政府农民顾问拉祖莫夫的住所，前后有楼梯，后门通小巷，屋顶凉台与邻居凉台相通，便于发生意外情况时迅速撤离。

8 月 7 日，瞿秋白、毛泽东等 21 位共产党员，以及共产国际代表罗米那兹、诺依曼和中共中央政治秘书邓小平，冒着生命危险召开紧急会议，审查和纠正中国共产党在大

瞿秋白

革命后期的严重错误，决定新的路线和政策。

八七会议共有三项议程：一是共产国际代表罗米那兹做报告，指出党在此前的错误及今后的工作路线；二是瞿秋白代表临时中央政治局常委会做关于党在今后工作方针的报告；三是改组中央政治局。

讨论时，身着长衫的毛泽东用铿锵有力的湖南话提出了"须知政权是由枪杆子中取得的"的著名论断，他批评党过去"不做军事运动，专做民众运动"的偏向，提出了以军事斗争作为党的工作重心的问题，这也是从大革命失败血的教训中获得的宝贵认识。

八七会议坚决纠正了以陈独秀为代表的右倾投降主义错误，确定实行土地革命和武装反抗国民党反动派的总方针，并把发动农民秋收起义作为当时党的主要任务。会议给处在思想混乱和组织涣散的中国共产党指明了新的出路，为挽救党和革命做出了巨大贡献。

会议结束后，毛泽东就以中央特派员的身份回到湖南，领导发动了著名的秋收起义。随着八七会议精神传达到全国各地，黄麻起义、广州起义等一系列武装起义相继爆发，神州大地到处燃起中国共产党人领导武装斗争的星星之火，农村革命根据地陆续建立，逐步走上了"农村包围城市，武装夺取政权"的革命道路。

八七会议虽然会期只有一天，但使中国共产党和中国革命绝处逢生，成为步步走向胜利的转折点。

历 史 链 接

八七会议通过了《中国共产党中央执行委员会告全党党员书》《最近农民运动的决议案》《最近职工运动的决议案》及《党的组织决议案》。会议在中国革命的危急关头，总结了大革命失败的经验教训，就国共两党关系、土地革命、武装斗争等问题进行了讨论。会议选举产生了新的临时中央政治局，其中委员9人，有苏兆征、向忠发、瞿秋白、罗亦农、顾顺章、王荷波、李维汉、彭湃、任弼时；候补委员7人，有周恩来、邓中夏、毛泽东、彭公达、李立三、张太雷、张国焘。

八角楼

位于江西省井冈山市茅坪乡茅坪村，原系当地中医谢池香的住宅。房屋倚山坡而建，坐东朝西，悬山式土木结构，小青瓦屋面，通面阔11.44米，通进深12.56米，占地面积为143.69平方米。进深左侧楼上卧室顶部有一个天窗，修成了与众不同的八边形，便于采光，故当地群众称之为八角楼。井冈山斗争时期，毛泽东曾居住在这里，写下了许多光辉著作。1961年3月，国务院将此楼列为"全国重点文物保护单位"；井冈山革命纪念地（含八角楼）被中宣部命名为首批"全国爱国主义教育示范基地"。

革命故事

八角楼的灯光

"井冈山的人哎，抬头望哎，八角楼的灯光，照四方。"八角楼在井冈山的百姓心中是一块圣地。

1927年9月，当时的毛泽东作为中央候补委员，被人们亲切地称呼为"毛委员"。他在领导秋收起义后果断放弃攻打大城市，转向湘赣边界的农村。同年10月，毛泽东率领湘赣边界工农红军不足千人的队伍上了井冈山，创建了第一个农村革命根据地，点燃了"工农武装割据"的星星之火。1928年4月底，朱德、陈毅率领南昌起义保留下来的部队和湘南起义部队，在宁冈（已撤销）砻市与毛泽东领导的工农革命军会师，成立了中国工农革命军第四军，不久改称中国工农红军第四军，朱德任军长，毛泽东任党代表兼军委书记。同年12月，彭德怀率领由平江起义部队组成的红五军与红四军在宁冈县城会师，井冈山的革命力量进一步壮大。

敌人把井冈山革命根据地看成"眼中钉、肉中刺",对其进行严密的经济封锁,食盐、布匹、药材等日用必需品稀缺而昂贵,油更是奢侈品。

为了进行长期的革命战争,毛泽东精打细算,教育红军战士节约粮油。因井冈山只出产少量茶油,大部分用油都要靠下山打土豪获得,因此毛泽东率部队刚上井冈山时,就向部队宣布了用油规定:各连及其以上机关办公时用一盏油灯,可点三根灯芯;不办公时,应将油灯熄灭;连部留一盏油灯,供值班、查哨用,但只准点一根灯芯。在井冈山上,全军都严格地执行了这一规定。每到夜晚,随着熄灯号响起,战士们就吹灭了油灯,只有连部的一盏油灯亮着。

通过这件小事,战士们懂得了怎样精打细算、省吃俭用,使有限的物资能使用更长的时间,以渡过难关,迎接胜利。同时,毛泽东以身作则,每天都要工作学习至深夜,按照规定他晚上办公点灯可用三根灯芯,可他坚持只用一根灯芯。八角楼内,每晚灯火摇曳,警卫员悄悄加上两根灯芯,可毛泽东总是默默地挑开两根。

井冈山斗争始于革命低潮时期。大革命失败后,共产党遭受重创,党内产生了悲观、失望情绪,有人发出了"中国还要不要革命?""中国革命应该走什么样的道路?""红旗还能打多久?"等疑问。在历史的关键时刻,毛泽东在八角楼这盏只有一根灯芯的油灯前,一边拨亮豆大的火苗,一边思考问题,找到了一条真正适合中国革命发展的胜利道路。他借着微弱的灯光,挥笔写下了《中国的红色政权为什么能够存在?》《井冈山的斗争》等著名文

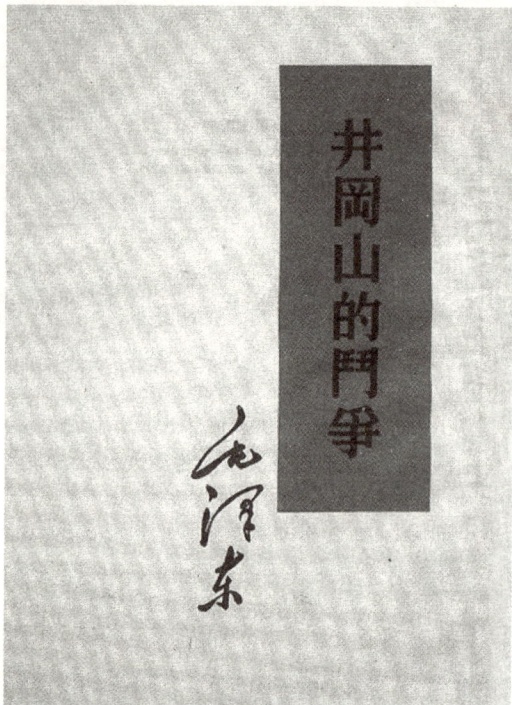

《井冈山的斗争》图书封面

章，从理论和实践方面系统地总结了井冈山革命斗争的经验，阐述了"工农武装割据"的思想。

八角楼的油灯成了革命的指明灯。1927年10月至1930年2月，在两年零四个月的井冈山革命斗争中，毛泽东带领中国共产党人点燃了"农村包围城市，武装夺取政权"的星星之火，也点亮了"坚定信念、艰苦奋斗，实事求是、敢闯新路，依靠群众、勇于胜利"的精神之光。

历 史 链 接

在井冈山斗争和中央革命根据地时期，毛泽东写下了许多光辉著作。除了上文提到的《中国的红色政权为什么能够存在？》《井冈山的斗争》，还有1929年12月所写《关于纠正党内的错误思想》、1930年1月所写《星星之火，可以燎原》、1930年5月所写《反对本本主义》、1933年8月所写《必须注意经济工作》、1933年10月所写《怎样分析农村阶级》，以及1934年1月所写《我们的经济政策》《关心群众生活，注意工作方法》等著名文章，引导中国革命不断走向胜利。

广州苏维埃政府旧址

　　位于广东省广州市越秀区起义路（原维新路）200-1号。该址原是清代抚标右营游击府署，20世纪20年代，是国民政府广州市公安局。骑楼式的大门，两旁是两米多高的围墙，门内有广州起义中壮烈牺牲的八位领导人半身石像和一座黄墙灰瓦的二层混凝土楼房，这座楼房就是当年的苏维埃政府办公楼。1956年，在楼内开设广州起义史料陈列馆。1961年3月，旧址被国务院公布为"全国重点文物保护单位"；1987年12月，广州起义60周年前夕，该建筑全部按原貌修复并对外开放。旧址入选中宣部"全国爱国主义教育示范基地"。

革命故事

广州起义

广州苏维埃政府旧址大门

　　1927年，蒋介石、汪精卫相继叛变革命，第一次国共合作破裂，大革命失败。为了挽救革命，反击国民党反动派的血腥屠杀，继南昌起义、秋收起义之后，中国共产党又发动和领导了广州起义。11月下旬，广东省委成立起义最高领导机关——革命军事委员会，由张太雷、黄平（后叛变）、周文雍三人组成，随后又任命叶挺为起义军事总指挥，叶剑英为副总指挥。当时，正值粤桂战争，广州市内防务松懈，为广州起义的举行创造了有利时机。起义前夕，共产党设在小北大安米店的秘密武器转运站被敌人发现，国民革命军教导团内也有反动分子告密，于是广东省委决定将起义提前至 12 月 11 日凌晨举行。

凌晨 3 时 30 分，第四军教导团集合誓师。张太雷、叶挺做演说，并宣布以"暴动"和"夺取政权"为口令。随着一声枪响，广州起义开始了！教导团分东、中、北三路出击。东路，教导团主力在叶挺的直接指挥下，迅速将驻在沙河的 1 个步兵团打垮，俘 600 余人，继之消灭了驻燕塘的炮兵团，而后协同工人赤卫队攻占公安局。中路，攻下公安局和保安大队部，并从牢房里救出 800 多名共产党员和群众。与此同时，广州市郊芳村、西村等地的农民约 2 万人举行起义，经过 10 个多小时的战斗，除第四军军部、军械库和第四军第十二师后方办事处之外，珠江以北市区的国民党军、保安队和警察武装均被消灭，缴获各种炮 20 余门，各种枪 1000 余支。当日上午，广州市苏维埃政府成员和工农兵执行委员会举行第一次会议，宣告广州市苏维埃政府成立，广州市的工人、农民和市民欢欣鼓舞，热烈拥护革命政府，积极参加起义。但由于敌强我弱，起义最后失败了，张太雷壮烈牺牲。

历 史 链 接

广州起义同南昌起义、秋收起义一样，是中国共产党独立领导革命战争和创建人民军队的伟大开端。南昌起义时，中国共产党的部队沿用"国民革命军第二方面军"名称；秋收起义时，部队使用"工农革命军"名称；广州起义时，正式打出了"工农红军"的名称。广州起义虽然失败了，但是"工农红军"的名称却在全国不胫而走。1928 年 5 月 25 日，中共中央决定，全国各地的工农革命军正式定名为"红军"。

古田会议会址

位于福建省龙岩市上杭县古田镇溪背村，地处闽、赣、粤三省交界处，原为廖氏宗祠，又称万源祠，始建于清道光二十八年（1848 年）。会址为四合院式建筑，坐东朝西，沿中轴线依次为前院、前厅、天井、后厅。前后两进，面阔三间，左右厢房。悬山顶屋面，砖木结构，穿斗式木构架，三合土地板。后厅原为古田会议会场，左厢房有毛泽东、陈毅在古田会议期间的办公室，右厢房有朱德的办公室。1961 年，国务院将古田会议会址公布为第一批"全国重点文物保护单位"；1997 年，古田会议纪念馆被中宣部命名为"全国爱国主义教育示范基地"。

革命故事

光辉的里程碑

1929 年 12 月 28 日至 29 日，一场罕见的漫天大雪后，古田长空溢彩、大地披金。来自红四军的党代表、士兵代表，以及地方干部代表和妇女代表共 120 多人相聚溪背村，一同参加中国工农红军第四军党的第九次代表大会，史称"古田会议"。

毛泽东、朱德、陈毅等人分别在会上做了报告，代表们经过热烈讨论，一致通过了毛泽东亲自主持起草的《中国共产党红军第四军第九次代表大会决议案》（即"古田会议决议"，以下简称《决议》）。《决议》分为八大部分，其中第一部分"关于纠正党内的错误思想"是全文的核心和精华。会议还选举产生了红四军新一届前委，毛泽东、朱德、陈毅、李任予、黄益善、罗荣桓、林彪、伍中豪、谭震林、宋裕和、田桂祥 11 人为委员，杨岳彬、熊寿祺、李长寿为候补委员，毛泽东为前委书记。

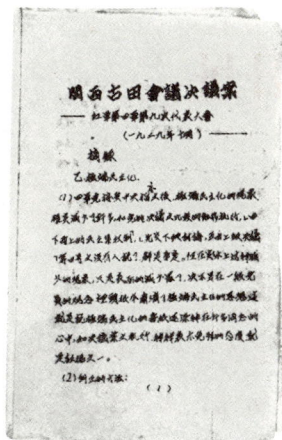

"古田会议决议"第一页　　"九月来信"第一页

古田会议总结了南昌起义以来两年多时间里红军建设的宝贵经验和教训，批判了党内存在的各种非无产阶级思想；结合中国革命的具体实践，灵活地、创造性地运用马克思列宁主义，初步回答了在党员以农民为主要成分的情况下，如何从加强党的思想建设着手，保持党的无产阶级先锋队性质的问题；解决了革命战场主要在农村进行的情况下，如何将以农民为主要成分的革命军队，建设成为无产阶级领导的新型的人民军队这个根本问题。

古田会议精神的内涵主要体现为思想建党、政治建军、求实创新、保持先进，核心是思想建党，精髓是求实创新，本质是一切为民，根本是保持党的先进性。《决议》不但在红四军中执行了，而且后来全国各部分红军也先后不等地照此做了，这样就使整个中国红军成为真正的人民军队。由此，《决议》成为我党我军建设的纲领性文献，古田会议亦成为建党建军历史上的光辉里程碑。

历 史 链 接

1929 年 9 月 28 日，中共中央发出由陈毅起草、周恩来审定的致红四军前委的指示信，即"九月来信"。该信肯定了毛泽东"工农武装割据"的思想，确认中国革命是先有农村红军，后有城市政权；红军的基本任务是实行土地革命，开展游击战争；明确规定红军由前委指挥，并将党代表改为政治委员，职责是监督军队行政事务、巩固政治领导、部署命令等；要求红四军官兵维护朱德、毛泽东领导，明确毛泽东仍为前委书记。

百色市红七军军部旧址

位于广西壮族自治区百色市右江区解放街 39 号，原为粤东会馆，始建于清康熙五十九年（1720 年），乃广东商人梁煜倡议同乡人集资所建，为粤商商事活动场所。整个建筑占地面积 2331 平方米，坐西向东，以前、中、后三大殿宇为主轴，两侧配以相对称的三进厢房和庑廊。1929 年 12 月 11 日，邓小平、张云逸等发动和领导了著名的百色起义，在起义凯歌声中，中国工农红军第七军光荣诞生。1988 年，红七军军部旧址被国务院公布为"全国重点文物保护单位"；1997 年，被中宣部命名为"全国爱国主义教育示范基地"。

革命故事

百色起义

1929 年 10 月 20 日，南宁兵变后，张云逸率领广西警备第四大队通过陆路率先来到恩隆县（今百色市田东县）平马镇。不久，邓小平等乘坐的军械船也相继到达。他们的胜利会师，正式拉开了百色起义的序幕。

当时，全国革命正处于低潮，军阀混战连年不断。1929 年 6 月，俞作柏、李明瑞主政广西后，为巩固地位，主动请求共产党派干部到广西协助工作。邓小平、张云逸等 40 多名干部被派到广西，在军队中开展兵运工作，建立共产党直接掌握的军事力量。

同年 10 月，俞作柏、李明瑞反蒋失败后，邓小平等果断决定举行兵变，把"已带了红色"的广西警备第四、第五大队和教导总队从南宁市拉到左右江地区，与当地农民运动结合起来。他们一方面继续整顿、改造和扩大部队，大量吸收工农青年和进步学生加入；另一方面，广泛宣传、发动和武装各族

群众，并把从南宁市运来的武器和弹药发给农民自
卫军和工人赤卫队，派有经验的军事干部训练他们，
增强其战斗力。

10月30日，中共广东省委决定建立中共广西
前委，邓小平为前委书记。11月初，前委接到党
中央批准在左右江地区举行武装起义、建立革命根
据地的指示，决定于广州起义两周年纪念日宣布举
行起义。12月10日，起义部队扣留了广西警备第
五大队第五营营长等人，并迫使商会、公安局交出
枪支。

韦拔群

12月11日，在中共中央代表邓小平和张云逸、雷经天、韦拔群等人的领
导下，中共广西特委在左右江地区百色县（今百色市）发动共产党人掌握的警
备第四大队、教导总队和右江农民自卫军举行百色起义。此战，攻占百色县城，
毙敌600人，缴枪300余支（挺）、子弹2万余发；红军第七军成立，张云逸
任军长，邓小平任中共前敌委员会书记兼政委，陈豪人任军政治部主任，韦拔
群任第三纵队队长兼右江苏维埃政府委员，雷经天任右江苏维埃政府主席。

百色起义的胜利，标志着右江革命进入了新的阶段。

历 史 链 接

　　百色起义，是中国共产党在广西少数民族地区实行"工农武装割据"
的一次光辉实践。百色起义胜利后，1930年2月，在李明瑞、俞作豫
等人领导下，举行龙州起义，成立红军第八军，并相继成立了各级苏维
埃政权，建立起中国西南边疆最早的革命根据地——左右江革命根据
地。随后，中国共产党在根据地开展了轰轰烈烈的以土地革命为中心的
经济建设，并形成了"百折不挠、实事求是、依靠群众、团结奋斗"的
百色起义精神。

嫩江桥

　　位于黑龙江省齐齐哈尔市泰来县江桥镇，当年发生激战的嫩江桥，是洮昂铁路线上的一座普通木质铁路桥。洮昂铁路的历史可追溯到1922年，是东北军阀张作霖为沟通奉天（今辽宁）、吉林、黑龙江三省交通所建，全长220千米。由于资金匮乏，铁路跨越嫩江时只修建了一座木桥，全长767.3米。1932年8月，嫩江桥桥桩被洪水冲垮，中断行车。日军为了达到军事进攻、经济掠夺的目的，在木桥下游40米处新建了一座钢梁桥，全长853.3米，28孔，并在桥头修建砖混结构碉堡。2019年，江桥抗战纪念地被中宣部命名为"全国爱国主义教育示范基地"。

革命故事

血战嫩江桥

1931年11月，被中国守军炸断的嫩江木桥

　　1931年九一八事变爆发后，马占山临危受命，出任黑龙江省政府代主席兼军事总指挥。这时，日寇打算通过嫩江大桥向北进犯当时的黑龙江省会齐齐哈尔，进而占领全省。

　　为防止日寇通过大桥，马占山派驻军烧毁嫩江大桥桥面，并毁坏三个桥孔。1931年10月29日，马占山在江桥前线部署部队迎敌，形成从嫩江桥至齐齐哈尔间纵深40千米、宽10千米的三道阻击阵地。日寇多次以修桥为借口，催促中国守军撤离江桥阵地，试图趁机夺取嫩江桥，利用火车快速运兵过江，但遭到马占山的严词拒绝。

日寇恼羞成怒，于 11 月 4 日出动 4000 多兵力，在飞机、铁路装甲车、坦克及密集炮火的掩护下，向嫩江桥发起了猛烈攻击。马占山率部顽强抵抗，"抗战第一枪"由此打响。嫩江桥两侧战火横飞，硝烟弥漫，一时间，嫩江铁路桥被世人所瞩目。中国军队在嫩江大桥及其附近与日寇展开殊死拼杀。马占山调兵遣将，亲临前线指挥，击退敌人的一次次进攻。激战中，日寇浜本步兵联队和高波骑兵队伤亡殆尽，中国军队也伤亡 600 余人。

11 月 10 日，为了表示抗敌决心，马占山通电全国，誓与敌人战斗到底，决不退让。电文表示："慨自辽吉事变，日军对于江省，必欲取而甘心，百计千方……我军将士，悲愤填膺，莫可自止，不得不施以正当自卫，稍抑敌锋，以保祖国疆土，以存华族人格，誓抛热血头颅，弗顾敌我强弱……援田横五百之义，本少康一旅之诚，谨先我同胞而赴国难焉。"通电一出，全国沸腾，抗日情绪高涨，抗日之声风鸣雷动。

经过 15 天激战，日伪军伤亡 4000—6000 人，中国军队伤亡 10 000 余人。由于中国军队与日寇实力相差悬殊，加之孤立无援，伤亡惨重，难以抵抗日寇进攻，马占山于 11 月 19 日凌晨 4 点率军政两署人员退出齐齐哈尔。午后 2 时，日寇进入齐齐哈尔，至此，江桥抗战结束，齐齐哈尔沦陷。

历史链接

江桥抗战结束后，马占山的部队被改编为东北抗日义勇军。一部分继续转战于白山黑水之间，有的后来加入了中国共产党领导的东北抗联，一直战斗到抗战胜利；另一部分进入苏联，辗转回国后，在陕西、内蒙古一带继续抗战。1938 年 9 月，马占山到访延安，毛泽东高度赞扬了他江桥抗日的行为。1945 年，毛泽东在《论联合政府》中再次肯定了江桥抗战的历史地位："中国人民的抗日战争，是在曲折的道路上发展起来的，这个战争，还是在 1931 年就开始了。"

博生堡

位于江西省瑞金市叶坪红军广场东北角，是中华苏维埃共和国临时中央政府为了纪念宁都起义的主要领导人赵博生而动工兴建的。整个堡由青砖砌成，呈四方形，寓意赵博生是在第四次反"围剿"中牺牲的。该堡于 1933 年 8 月 1 日动工，1934 年 1 月 31 日建成，在 1934 年的"二苏大会"闭幕时与红军烈士纪念塔等一起揭幕。1961 年，博生堡被国务院批准列为"全国重点文物保护单位"，所在广场是中宣部首批公布的"全国爱国主义教育示范基地"。

革命故事

一代忠魂映山红

宁都霹雳响天晴，
赤帜高擎赵博生。
虎穴坚持神圣业，
几人鲜血染红星。

这是 1962 年叶剑英为缅怀赵博生所作的诗，他高度赞扬了赵博生为人民解放事业壮烈牺牲的英雄事迹。

1897 年，赵博生出生于河北省黄骅市腾庄乡慈庄村的一个农民家庭，7 岁入私塾读书。1914 年，他考入保定军校第六期正规班学习。三年后，赵博生以优异的成绩毕业，被分配到皖系军队中当见习官。

受五四运动影响，赵博生立志做个模范军人。但时值军阀混战，他痛感军阀对外不能御侮，对内不能救民于水火。苦闷焦灼中，他听说冯玉祥的部队纪律严明，于是在 1924 年加入冯玉祥的国民军，在西安任十四军参谋长兼特种兵旅旅长及城防司令。

后来，赵博生进入国民革命军，担任第二十六路军参谋长。在蒋介石的逼迫下，他南下参加对中国共产党根据地的第二次、第三次"围剿"，均遭失败，被困于江西宁都。他对蒋介石打内战极为不满，九一八事变后，多次请求北上抗日都被拒绝。后来中共地下党员和他取得联系，赵博生说："我要求加入中国共产党，要我干什么我就干什么，即使赴汤蹈火也在所不辞。"1931年10月，中共中央批准赵博生加入中国共产党。

1931年12月14日，赵博生以宴请的名义将二十六路军团以上的军官请到了指挥部。在宴会上，赵博生向军官们讲清了形势和出路，当即宣布起义加入红军。该起义部队被改编列为中国工农红军第五军团，被中革军委誉为"中国苏维埃革命中一个最伟大的士兵暴动"。

宁都起义在国民党的军队中引起了很大震动，也使中央红军由3万多人猛增到5万多人。加入红军后，赵博生每次作战都亲临前线。

1933年初的第四次反"围剿"中，为配合红军主力于黄狮渡歼灭敌人，赵博生奉命率三个团在江西抚州南城县长源庙吸引和钳制三倍于己的敌人。这次战斗打得非常激烈，赵博生指挥部队，连续打退敌人数百次的疯狂进攻，坚守住了阵地。最后子弹打光了，手榴弹扔没了，赵博生组织突击队反冲锋，在距离敌人百米左右的地方，头部中弹，壮烈牺牲，献出了年仅36岁的宝贵生命。黄狮渡战斗中，赵博生部顺利完成了任务，配合红军主力歼敌近万人。

2009年，在全国双百人物评选中，赵博生入选"100位为新中国成立做出突出贡献的英雄模范人物"。

历 史 链 接

1933年1月，为了纪念赵博生，中华苏维埃共和国临时中央政府在瑞金叶坪红军广场上建造了博生堡，同时将宁都县改为博生县，以示纪念。1934年10月，主力红军长征后，博生堡被国民党反动派拆毁，堡内的"纪念赵博生同志"碑刻被当地群众秘密抢救回家保存下来。1955年，博生堡按原貌重建，朱德亲自题写了"博生堡"三字嵌于堡首，中国人民解放军总政治部也重新拟写了纪念赵博生烈士碑文立于堡内。

五角亭

位于江西省瑞金市叶坪红军广场，也称为红军烈士纪念亭，是中华苏维埃共和国临时中央政府为了悼念在土地革命战争中英勇牺牲的红军指战员而建造的。整个亭子为仿古建筑，典雅美观、古色古香。叶坪红军广场中建成的几大红军纪念建筑吸引了很多人前来观瞻，因此此亭配有木板凳和石板桌、石墩，供参观者休息之用。1961年，五角亭被国务院批准列为"全国重点文物保护单位"，所在广场是中宣部首批公布的"全国爱国主义教育示范基地"。

革命故事

红色设计师钱壮飞

五角亭由"红色间谍"钱壮飞亲手设计。他不仅在对敌斗争中做出了杰出的成绩，还是一位卓越的艺术家，被毛泽东称为"红色设计师"。

钱壮飞

钱壮飞和李克农、胡底被誉为共产党隐蔽战线的"龙潭三杰"。人们对他作为"红色特工"的传奇经历津津乐道，而对他杰出的艺术创作活动却关注不够，知之甚少。事实上，钱壮飞兴趣广泛，多才多艺，精通医术，擅长绘画、书法、戏剧、电影表演和设计艺术。1931年8月，由于钱壮飞的身份已经暴露，无法在白区继续活动，他回到中央苏区，多才多艺得到了充分的展示。在中央苏区期间，钱壮飞组织并带头开展文化娱乐工作，在繁重的工作之余，进行了大量的文艺创作，揭露敌人的反动丑恶面目，鼓舞战士士气，宣传革命精神。

1931 年 11 月 7 日至 20 日，中华苏维埃第一次全国代表大会在江西瑞金叶坪村举行，宣告了中华苏维埃共和国临时中央政府的成立。大会期间最重要的一个环节是举行盛大的阅兵式，这是人民军队历史上的第一次阅兵。毛泽东、朱德、项英、任弼时等领导人站在检阅台上，高兴地向这支威严的人民武装频频挥手致意。红军检阅台为砖木结构，悬山顶，占地 78 平方米，是钱壮飞受命设计的。

1933 年，中央苏区进入鼎盛时期。为迎接"二苏大"的召开，中央决定在叶坪红军广场建立纪念红军烈士们的象征性建筑，设计任务落在了钱壮飞肩上。当时，中央苏区连设计用的工具都没有，钱壮飞用从上海带来的几支铅笔在毛边纸上设计，最终他的建筑设计图在执委们的严格审核下通过，并很快付诸实施。

只用了 4 个月时间，一座宏伟的建筑拔地而起。钱壮飞设计的大礼堂，鸟瞰就像一顶红军的八角帽，整个建筑用了 48 根木柱，这些木柱都是原有的大树，为防止被敌空军发现，树顶上的枝杈都还保留着。大礼堂可容纳 2000 余人，有 17 道门，便于疏散；视线好，无论坐在大厅内的哪个位置，都可以看见主席台；回音效果佳，不用麦克风，也可以清晰地听到台上的讲话。

在钱壮飞设计的苏区六大建筑中，最富有特色的莫过于红军烈士纪念塔了。纪念塔坐落在广场东北端，高 13 米，整个外形像一颗子弹，寓意"枪杆子里出政

红军烈士纪念塔

权"。塔身正面朝西南，从上到下嵌着 7 块方形青石板，青石板上阴刻着"红军烈士纪念塔" 7 个醒目大字。塔座为五角星体，全由红条石垒砌，五角之间建有登塔座的台阶，阶梯 5 个，均为 9 级。阶梯两旁还立有约 0.7 米高的石柱，在塔座四周立有 10 块碑刻。塔身上镶嵌着无数小石子，象征着无数为革命牺牲的烈士。塔的正面有一条宽窄适当的红土路，路上用小的白色鹅卵石嵌成"踏着先烈血迹前进" 8 个大字，与烈士塔形成一幅完整的构图。

除了前面几个标志性建筑外，钱壮飞还设计了公略亭、博生堡和五角亭。他构思巧妙，将革命主题内容与实用功能、建筑艺术融为一体，显示出革命素养和艺术才华。毛泽东看了这些建筑之后，拉着钱壮飞的手由衷称赞："你是个奇才！演戏、画画、搞保卫样样出色，想不到还是一名红色设计师啊！"

历 史 链 接

瑞金是红色故都、"共和国摇篮"、苏区时期党中央驻地、中华苏维埃共和国临时中央政府诞生地、云石山中央红军二万五千里长征出发地等，是客家文化的主要发祥地之一，是全国爱国主义教育和革命传统教育基地，是中国红色旅游城市。瑞金有很多红色标志性建筑物，由梁柏台任总指导、钱壮飞任设计师建造的中华苏维埃共和国临时中央政府大礼堂、红军烈士纪念塔、五角亭、检阅台、博生堡、公略亭一起被称为苏维埃六大标志性建筑，在瑞金众多红色标志性建筑物中脱颖而出。

江山石

位于四川省巴中市通江县沙溪镇王坪村，是一块天然矗立在川陕革命根据地红军烈士陵园入口、状若"山"字的巨石，当地群众称它为"江山石"。川陕革命根据地红军烈士陵园是国家 AAAA 级旅游景区，总面积 4.2 平方千米，由千秋大道、铁血丹心广场、核心墓区、无名烈士纪念园、英烈墙、红军烈士纪念馆、红四方面军总医院旧址群、红军街等组成。陵园系"全国重点文物保护单位""全国重点烈士纪念建筑物保护单位""全国爱国主义教育示范基地"、"全国 30 条红色旅游精品线路"之一。

革命故事

巴山含情埋忠骨

位于大巴山下、沙溪河畔的川陕革命根据地红军烈士陵园，有 25048 名英烈长眠于此，是全国安葬烈士最多、规模最大的红军烈士陵园。

陵园依山就势而建，如一把火炬镶嵌在青山绿水间。"火炬柄"是被称为千秋大道的 341 级台阶。拾级而上，两旁的一盏盏马灯仿佛在照亮烈士的"回家路"。陵园入口处天然矗立着一块状若"山"字的巨石，与河对岸的卧麒山相呼应，当地群众称它为"守陵石"，又名"江山石"，寓意新中国的伟大事业坚若磐石。

1932 年第四次反"围剿"失利后，红四方面军撤离鄂豫皖根据地，向西部转移，转战 1500 千米，翻秦岭、越巴山，于 1932 年 12 月 18 日从通江县两河口入川，把红旗从大别山插到大巴山，在不到一年的时间里建成了全国第二大苏区。西北革命军事委员会根据形势发展和战争需要，决定以总指挥

红军石刻标语"拥护红军"

部野战医院和红十师医院为基础，成立西北革命军事委员会总医院，红四方面军总医院由此诞生。

1933年秋末，在蒋介石的大力支持下，四川各路军阀先后投入140个团、25万兵力，在两个空军部队的配合下，从西北的广元起，东至城口的千余里弧线上，形成了对川陕革命根据地的六路合击围攻。

面对敌军"全川联合，合力对我，兵力众多，装备精良"的新攻势，西北军委和红四方面军总部利用川北有利地形，实行收紧阵地、诱敌深入、节节抗击、待机反攻、重点突破的积极防御战略战术，指挥川陕革命根据地军民奋力投入反"六路围攻"的作战。从1933年11月1日到1934年9月22日，红四方面军与敌军激战10个多月，先后实施4次收紧阵地战、2次反击作战，以及决战防御和总反攻，粉碎了敌军发动的4期进攻，以伤亡2万人的代价，最终赢得了空前巨大的胜利。总计毙伤敌第三路副司令郝耀庭以下官兵6万余人，俘敌2万余人，打散敌官兵2万人左右，缴获长短枪3万余支、各种口径迫击炮100门，击落敌机1架。在红四方面军的历史上，反"六路围攻"是打得最艰苦的一次战役，也是战役规模最大、持续时间最长、战果最辉煌的一次战役。

1934年1月，因王坪村地势险要，树木丛生，易于掩护，红四方面军遂将总医院迁驻于此。总医院担任收治前后方伤病员的任务，战斗最激烈时，一天多达5000多名伤员。由于当时条件艰苦，环境恶劣，医疗物资缺乏，成千上万的红军伤病员因伤势恶化而壮烈牺牲。

为了纪念保卫川陕革命根据地浴血奋战而牺牲的红军英烈,1934 年 7 月,西北革命军事委员会决定修建烈士墓,并立碑纪念。这座红军自己修建的烈士陵园自此矗立。

青山埋忠骨。在烈士陵园内的山顶,是一望无际的无名墓碑群。每一块墓碑都傲然挺立,俯瞰着山川。这些战士虽未能留下姓名,但他们拥有一个共同的名字——红军。川陕革命根据地红军烈士陵园是纪念地,也是信仰圣地,那一座座墓碑就是永不褪色的精神丰碑。

历史链接

2002 年,经中华人民共和国民政部批准,"红四方面军王坪烈士陵园"更名为"川陕革命根据地红军烈士陵园",后又进行了几次大的修缮、改建和扩建。鲜为人知的是,在无名烈士纪念园主干道的一处,深埋着一位名叫王旭光的老红军,他是王坪村人,曾任山东省泰安军分区后勤部部长。他生前的遗愿是,葬在陵园附近,与战友们在一起。修缮扩建烈士陵园时,他的墓在迁移之列。当时,有人建议将他的墓迁往巴中将帅碑林,但他的子女表示父亲生前的愿望就是和战友们团聚。最终,他以一种不立碑、不留名的方式陪伴着老战友们。这也是唯一一位不是烈士,但安葬在烈士陵园的红军战士。

红 井

位于江西省瑞金市沙洲坝，是国家 AAAAA 级旅游景区。1933 年 9 月，为解决当地军民饮水困难问题，毛泽东带领红军与当地群众一道开挖了一口水井。1934 年 10 月，中央红军主力长征后，敌人曾多次要填塞这口井，沙洲坝人民与敌人坚决斗争，终于将这口井保存下来。1950 年，当地对水井进行了修整，群众称它为"红井"。红井是"全国爱国主义教育示范基地""全国红色旅游经典景区"之一，也是人们饮水思源的纪念地。

革命故事

吃水不忘挖井人

1933 年 4 月，毛泽东随同中华苏维埃共和国临时中央政府和中革军委从江西瑞金的叶坪村迁到沙洲坝。沙洲坝地处干旱地带，长期以来住在沙洲坝的人们，吃的是又脏又臭的塘水。毛泽东看到这种情况很是痛心，决定要帮村民解决这个问题。

这年 9 月的一天，东方刚露出鱼肚白，毛泽东就领着警卫员来到驻地前的一块空地上，先用锄头刨了一个圈，定下井位，接着便抢起锄头挖起来。毛泽东领头挖井的事被一早起来的村民看见了，立即传遍了沙洲坝。由于当地村民迷信风

红井

水，传闻沙洲坝是旱龙爷的地盘，挖井会得罪旱龙爷，殃及四邻，祸及子孙，所以都不敢挖。毛泽东了解这一情况后，笑着对大家说："挖井是为了大伙有干净的水喝，真要是有旱龙爷来找麻烦，就让他找我毛泽东好了！"

村民的疑虑被这一席话打消了，他们与红军战士、中央机关的工作人员一起，挖的挖，铲的铲，挑的挑，没几天工夫，一口直径85厘米、深5米多的水井挖好了。为了使井水更清澈，又在井底铺沙石、垫木炭。毛泽东用实际行动为机关干部和沙洲坝群众树立了榜样，中央各机关掀起了开挖水井的热潮。从此，沙洲坝人民结束了饮用脏塘水的历史，喝上了清澈甘甜的井水。

1934年10月红军长征离开瑞金后，国民党反动派卷土重来，多次填掉这口井，当地群众就同敌人展开了针锋相对的斗争。敌人白天填井，群众夜晚又把井挖开，就这样填了又挖，挖了又填，经过反复几次斗争，沙洲坝人民终于取得了"护井"的胜利。

甘甜的红井水养育了一代代沙洲坝人民，人们忘不了红井的故事，更忘不了红军的深厚情意。1950年，经过修缮后，当地群众正式给该井取名为"红井"。为表达对毛泽东主席的感激之情，他们在井边立了一块石碑，上面刻着："吃水不忘挖井人，时刻想念毛主席。"

历 史 链 接

从1933年4月到1934年7月，毛泽东在沙洲坝工作了一年零四个月。在此期间，不但当地群众的吃水难题得到解决，这里还办起一座小学，让孩子们有学上；同时还建了一座公共厕所，乡亲们也养成良好的卫生习惯，传染病也大量减少，村容村貌焕然一新。怎么才算踏实为群众做事呢？毛泽东在沙洲坝回答了这个问题：我们只有切实关心群众利益，解决群众的实际问题，真心实意地为群众谋利益，才能使广大群众认识我们是代表他们的利益的，是和他们呼吸相通的，才能得到群众的热烈拥护，才能带动他们和我们一起改天换地。

于都县长征渡口

位于江西省赣州市于都县渡江大道东段，是中央红军长征集结出发地。1934 年 10 月，第五次反"围剿"失败，红军被迫战略转移，毛泽东、朱德、周恩来等老一辈革命家率领中央红军主力 8.6 万人集结于都，分别从于都河北岸 8 个渡口渡过于都河，迈出了二万五千里长征的第一步，于都河因此有了"中央红军长征第一渡"之美称。中央红军长征出发纪念园被国务院批准列为"全国重点文物保护单位"，被中宣部公布为"全国爱国主义教育示范基地"，并被列入"全国 30 条红色旅游精品旅游线路"和"全国 100 个红色旅游经典景区"。

革命故事

母亲的马灯

"一送（里格）红军，（介支个）下了山，秋风（里格）细雨，（介支个）缠绵绵……"于都河畔的长征第一渡口，唢呐呜咽，歌声如泣如诉。

1934 年 10 月，中央红军主力 8.6 万人举着熊熊燃烧的火把，从于都的 8 个渡口渡过于都河，挥泪告别送行的苏区父老乡亲。这生离死别的悲壮现场，上演了一幕幕妻子送郎当红军、母亲送子去北上的动人情景……未曾想，绝大多数人此去便是永别。一起渡河的数万于都子弟，活到中华人民共和国成立的仅有 277 人。

于都县银坑镇窑前村农妇钟招子有 10 个儿子，8 个当了红军。1934 年 10 月，8 个哥哥同时从家乡于都出发，跟着队伍走了，只留下 2 个年幼的弟弟与母亲相依为命。分别时，钟招子含着泪对儿子们说："一定要打胜仗，娘等你们回来，一定要回来……"

由于丈夫早逝，钟招子独自挑起了家庭的重担。她白天下地干农活，晚上回家做家务。自从儿子们参军后，每到夜晚，她就坐到老屋门前，点起一盏马灯，等着儿子们回来。等着、等着，头发白了；等着、等着，腰板驼了。这一等就是十几年，眼泪流干了，眼睛哭瞎了，也没等到一个儿子回来。

1949年，人民解放军进驻于都。钟招子守候在队伍的必经之路上，一次次询问，一次次失望，整整三天三夜。她心里明白：儿子们已凶多吉少。长征路

中央红军长征第一渡（雕塑）

上，那些没有归来的儿女，用鲜血铺就了通往胜利的道路，而灯光下的母亲，虽然没有等到儿女归来，但等来了中华人民共和国的诞生。

后来，每天夜晚，钟招子依然点亮马灯，坐在石阶上等儿子。她说："我的眼睛看不见了，但马灯不能灭啊。灯灭了，儿子就找不到回家的路了。"她希望用微弱的灯光，照亮儿子们回家的路，也让他们看清妈妈的模样。可她北上的儿子们还是没有回来。1960年，她带着深深的遗憾离开了人世，唯一留下的，是那盏永放光芒的马灯。

历史链接

　　30万于都人民保守了一个"天大的秘密"，背后的故事令人感动。中央红军战略转移前在江西于都集结，8万多人的大军白天休息、晚上渡河，可如此大规模的军事行动，敌人却毫无察觉。于都30万老百姓假如有谁走漏了消息，后果将不堪设想。为了确保红军顺利转移，全县男女老幼都动员了起来。中国共产党是穷人的党，人民军队曾是一支打赤脚的部队，为了不让红军赤足长征，苏区百姓家家户户打草鞋，日夜赶制出20万双草鞋送给红军战士们。

界首渡江码头

位于广西壮族自治区桂林市兴安县界首镇，在县城以北 15 千米的湘江西岸。界首是一座古圩，因此地曾是兴安与全州两县分界线的开端而得名，虽有 2000 多年的历史，但其真正闻名于天下，是因为这里是中央红军过湘江时重要的渡河点。它不仅离桂黄公路近，而且西边紧贴越城岭山区，过河极便于隐蔽。1934 年 11 月 30 日至 12 月 1 日，中央纵队和第一、第三、第五、第九军团部分官兵先后从这里渡过湘江。2006 年 5 月，界首渡江码头被国务院批准列为"全国重点文物保护单位"。

**革命
故事**

用生命搭起的浮桥

1934 年 11 月 27 日，红一军团第二师第四团抢占了界首渡口。晚上，红三军团第四师接防。红军占领界首后，工兵部队在当地群众的大力支持与帮助下，用木船、木板、毛竹和油桶在湘江上架设浮桥。

28 日，红四师三个团全部到达界首，在湘江两岸布防。红十二团留守河东江南渠口；红十一团到石门及西北地域布防；红十团在湘江西岸界首南面光华铺一带布防，从正面阻击兴安方向的来犯之敌。

光华铺是界首至兴安间桂黄公路边的一个小村庄，位于界首渡口以南 5 千米，村北是开阔的水田，另三面是起伏的山丘。29 日，红十团三营营长张震率部在光华铺南面布防完成。敌军侦察机飞临界首上空，对红军进行俯冲扫射，敌人还派出多架轰炸机将红军临时架起的浮桥全部炸毁。当夜，红军收集船只，再次架起浮桥。

29 日晚，敌十五军四十三师一部向红军据守的光华铺高地展开攻击，另一部则迂回至红三营阵地后面，准备直插界首渡口，岂料与红十团主力正面遭遇，双方随即猛烈交火。三营营长张震得知渡口危急，急忙收缩兵力往回猛打，与红十团主力夹击来袭之敌。

混战中，敌军两次攻到离军团长彭德怀指挥所三官堂不足100米的地方。彭德怀沉着应对，指挥部队与敌军展开猛烈厮杀。军团政委杨尚昆与警卫员多次劝彭德怀转移至安全地带，彭德怀却说："这里便于指挥，有利于掩护中央军委过江，我不能离开！"

30日拂晓，敌人突破红十团防线，占领了渡口。此时，军委第一纵队即将抵达东岸准备渡江，情况万分危急。

团长沈述清见三营伤亡甚众，情急之下，把手臂一挥："三营就地休整，一营、二营跟我冲！"双方在江边展开异常残酷的拉锯战。经反复冲杀，界首渡口西岸终于被红军重新夺回，团长沈述清在冲锋过程中不幸中弹牺牲。30日上午，军委第一纵队从界首渡口顺利渡过湘江。

敌军四十五师赶到兴安，在炮火的支持下，向红十团发起了疯狂反扑，光华铺失守，接替沈述清的团长杜中美也不幸中弹牺牲。彭德怀紧急调红四师的另外两个团赶来增援。敌机再次对界首渡口的浮桥进行轰炸，红军在当地群众的配合下再次架起了浮桥，保证军委第一、第二纵队全部渡过湘江。

12月1日，朱德向全军下达紧急作战命令。拂晓，从新圩阻击战撤下来的红五师十四团、十五团赶来，与十三团会合，接替了红十团的渡口防务。敌我双方继续在浓雾中激战。时至中午，中央红军主力大部分渡过了湘江，广大军民舍生忘死在界首渡口架起的浮桥完成了历史使命。

历 史 链 接

从1934年11月25日中央红军做出正式渡江决定，到中央纵队和红军主力安全渡过湘江，历时7天，中央红军终于突破了敌人的第四道封锁线。由于界首渡口位于红军突破湘江四个渡口的最上游，加上中央军两个纵队由此过江，其中有中央领导毛泽东、周恩来、朱德、彭德怀、杨尚昆、邓小平、刘伯承、叶剑英、陈云、董振堂、李维汉、邓颖超等，故界首渡口堪称"红军长征突破湘江第一渡"。

金刚台红军洞群

位于大别山在河南境内的最高峰金刚台主峰，距信阳市商城县城 20 千米，共有大小洞上百个，其中较大的洞有"朝阳洞""水帘洞"等。金刚台山上的洞穴当年是红军的生活居所和战斗堡垒。1934 年 11 月，红军撤离鄂豫皖苏区后，中共商南县委继续率领游击队和妇女排以金刚台为屏障、以洞穴为据点，坚持了长达三年的艰苦卓绝的革命斗争，赢得了"三年红旗不倒"的美誉。2006 年，金刚台红军洞群被河南省人民政府公布为"省级文物保护单位"；2017 年，被列入《全国红色旅游经典景区名录》；2021 年，被河南省委宣传部命名为第八批河南省"爱国主义教育示范基地"。

 革命 故事

金刚台上映山红

1934 年冬天，战斗在大别山地区的红军第二十五军奉中共中央的命令北上，留下一些伤病员和地方武装继续坚持鄂豫皖根据地的斗争。

这时，国民党反动派利用根据地主力北上的时机，纠集大批军队和地方民团等反动武装，对鄂豫皖根据地进行疯狂"清剿"，残酷屠杀红军留下来的伤病员和革命群众，妄图把根据地的红军和地方武装杀绝。

为了保存革命力量，中共皖西北特委决定将皖西北各地方坚持斗争的机关人员转移到金刚台上，同敌人周旋，进行隐蔽斗争。他们组成了中共商南县委，并成立了商南游击大队。为了适应斗争的需要，商南县委将在山上的地方党政女干部、红军医院的护士和红军家属约 40 人编为一个妇女排，在金刚台开展游击战争。

敌人将金刚台团团围住，进行武装封锁，强行移民并村，把金刚台一带搞成无人区，对油、盐、火柴实行配给。为了同凶恶的敌人和残酷的环境做斗争，商南县委将游击大队分成七个便衣队，化整为零，灵活机动地战斗在金刚台方圆百余里的地带。

"天当被子地当床，野果野菜是食粮。"面对百倍于己的敌人和敌人在政治、经济上的封锁及饥寒病痛，从 1935 年至 1937 年，便衣队以各个洞穴为据点，住宿、开会、保存文件和隐藏食物，以坚强的革命意志战胜重重困难，坚持斗争。国民党反动派不断增加兵力，对金刚台进行了长期的、连续的"搜剿""堵剿""追剿"，叫嚣要"砍尽山上树，挖尽红军根"。在残酷的斗争中，革命先烈用鲜血和生命，谱写了可歌可泣的英雄诗篇。有一次，妇女排十几个伤病员被敌人"围剿"，危急关头，共产党员晏永香只身冲出密林，拼命奔跑，引开敌人，最后壮烈地跳下悬崖……

妇女排还担负着救护伤员的任务。每当有红军战士受伤，便衣队便把伤病员运到妇女排这里。在极度困难的情况下，为了伤病员，她们精心护理，自己吃野菜野果，把仅有的一点粮食让给伤员吃。就这样，她们把一个个伤员医治好，又投入到打击敌人的斗争中去。为了防止敌人袭扰，她们不断变换住处来迷惑敌人。在三年游击战争时期，妇女排成了红军和游击队的大后方。

直到 1937 年，新四军第四支队途经商城，开赴抗日前线时，这支便衣队才随之加入队伍，投入到伟大的抗日战争中去。

历 史 链 接

1929 年 12 月 25 日，红军攻克商城，在苏仙石叶氏祠建立了商城县第四区苏维埃政府。为了庆祝苏维埃政府的成立，商城人王霁初根据商城民歌八段锦《小小鲤鱼压红鳃》改编创作了著名红色歌曲《八月桂花遍地开》。这是一首歌唱八月里成立苏维埃的歌，原名叫《庆祝成立工农民主政府》。由于曲调优美、歌词生动，这首歌很快就在豫东南革命根据地传开。后来，它伴随着红军的足迹传遍了大江南北。

娄山关红军战斗遗址

位于贵州省遵义市汇川区板桥镇北 10 千米与桐梓县交界处，距遵义市区约 50 千米。娄山关，又名太平关，亦称娄关，是川黔交通要道的重要关口，自古被称为"黔北第一险隘"，素有"一夫当关，万夫莫开"之称。1935 年初，红军两次攻克娄山关，取得了长征以来的第一次重大胜利，也揭开了遵义战役的序幕。娄山关红军战斗遗址现有毛泽东词碑、小尖山红军战斗遗址、娄山关红军战斗纪念碑、娄山关红军战斗陈列馆等战斗遗址文物和纪念性建筑物。遗址先后被国务院批准列为"全国重点文物保护单位"，被中宣部公布为"全国爱国主义教育示范基地"。

革命故事

两战娄山关

西风烈，长空雁叫霜晨月。霜晨月，马蹄声碎，喇叭声咽。
雄关漫道真如铁，而今迈步从头越。从头越，苍山如海，残阳如血。

赤水河

娄山关战斗胜利后，毛泽东策马经过山隘，留下了气壮山河的《忆秦娥·娄山关》。

红军长征经过遵义时，在娄山关与敌军激战了两次。第一次娄山关战斗发生在遵义会议前。1935 年 1 月，为了保证遵义会议的顺利召开，时任红军总参谋长的刘伯承和一军团政委聂荣臻一起，指挥红军向娄山关的国民党军发动进攻。因为山势太陡又下着大雨，红军分成两路，一路正面强攻，一路抄小道从敌军后面奇袭，一举拿下娄山关，保证了遵义会议的安全召开。

之后，国民党紧急调集 40 万兵力扑向遵义，妄图聚歼红军。为了摆脱敌人的围追堵截，红军四次强渡赤水河。在第一次强渡赤水后，中央革命军事委员会决定回师东进，二渡赤水，重占娄山关，再占遵义城。由此，再战娄山关的序幕拉开。

1935 年 2 月 25 日，红三军团军团长彭德怀接到了"消灭娄山关黔敌，夺取遵义"的命令。随后，彭德怀决定用整编后四个团的兵力夺下娄山关，为占领遵义创造条件。

担任正面主攻的红三军团十二团、十三团在关口北麓的红花园，与正准备布防的黔军一个团遭遇交火。黔军全盘溃退，向关口阵地逃去，红军十二团、十三团追到了关下。黔军在关口部署一个旅守关，地势对红军极为不利，火力掩护也达不到应有的效果。彭德怀随即从桐梓指挥部策马赶到了第一线指挥战斗。

彭德怀与军团参谋长邓萍决定从侧翼迂回，第十团在左翼，第十一团在右翼，切断敌人的左右臂，造成他们的恐慌心理，再阻断他们的援兵。下午 4 时，点金山阵地告捷。正面攻关一奏效，彭德怀立即改变部署，令两翼迂回的部队停止向关口渗透，继续向敌侧后深入迂回，第十团暂以板桥为目的地，第十一团则以黑神庙为目的地。同时，以军委调拨指挥的第一军团一个团进入第

娄山关

十一团现在的位置，打击增援关口的黔军。这样，便形成了一个五瓣莲花抄尾阵。

点金山阵地被攻破后，黔军退守大尖山、猴子岩一带。之后又纠集了五六个团的兵力朝点金山阵地扑来，第十二团、十三团则依据黔军原来的工事抗击。傍晚时，迂回的第十团、十一团分抵目的地，并吃掉了敌人一部。消息传来后，第十二团、十三团的指战员越战越勇，始终把敌人压制在阵地之外。25 日至 26 日，经过反复激战争夺，最终在红军"正面攻击、两翼包抄"的沉重打击下，黔军兵败如山倒，仓皇南逃。

红军在娄山关战斗中重创黔军四个团，取得了长征途中第一个大胜仗，夺下娄山关，揭开了遵义大捷的序幕，成为红军长征路上重大的战略转折。

历 史 链 接

四渡赤水是遵义会议之后，中央红军在长征途中，处于国民党几十万重兵围追堵截的艰险条件下，在赤水河流域进行的一次决定性运动战战役。在毛泽东、周恩来、朱德等人指挥下，中央红军采取高度机动的运动战方针，纵横驰骋于川黔滇边境的广大地区，积极寻找战机，有效地调动和歼灭敌人，彻底粉碎了蒋介石等反动派企图围歼红军于川黔滇边境的狂妄计划，红军取得了战略转移中具有决定意义的胜利。娄山关战斗则是红军四渡赤水的标志性战斗。

遵义会议会址

位于贵州省遵义市红花岗区子尹路 96 号，是一栋中西合璧的两层砖木结构建筑，原为黔军二十五军第二师师长柏辉章的私人官邸，修建于 20 世纪 30 年代初。1935 年初，中国工农红军长征到达遵义后，中共中央政治局扩大会议在这里召开。遵义会议确立了以毛泽东同志为代表的新的中央领导集体。1961 年，会址被国务院列为第一批"全国重点文物保护单位"；1995 年，被共青团中央命名为"全国青少年教育基地"；1997 年，被中宣部公布为首批百个"爱国主义教育示范基地"；2008 年，被评为"全国十大红色旅游景区"。

革命故事

生死攸关的伟大转折

1934 年冬天，中央红军开始长征后，按照原定计划，准备转移到湖南西部同红二、红六军团会合。在突破第四道封锁线后，数万红军将士把英魂永远留在了湍急冰冷的湘江。

中国革命命悬一线。经过 5 天 5 夜的湘江血战，中央红军从出发时的 8.6 万多人锐减到 3 万余人。队伍疲惫不堪，敌人穷追不舍。

战场上接连失利，过了湘江又濒于绝境，红军广大干部、战士的不满情绪明显增多，这与前四次反"围剿"的胜利形势形成鲜明对比。1934 年 12 月中下旬，短短半个月，中央红军接连召开三次会议。从老山界到黎平，从黎平到猴场，军事指

遵义会议会址

挥问题是争论焦点。

1935年1月15日至17日，中共中央政治局在遵义召开扩大会议。会议首先由博古做关于第五次反"围剿"的总结报告，他过分强调客观困难，为"左"倾错误辩解。周恩来就军事问题做副报告，分析了军事领导的战略战术错误，并主动承担责任，做了诚恳的自我批评。张闻天、毛泽东、王稼祥尖锐地批评了博古、李德在第五次反"围剿"中实行单纯防御、在战略转移中实行逃跑主义的错误……

经过激烈争论，会议做出选举毛泽东同志为中央政治局常委等重大决定，解决了党内最迫切的组织问题和军事问题，确立了毛泽东在党中央和红军的领导地位。此时，疲惫的红军将士极度需要一场胜利来振奋士气，新的军事指挥团也需要一场大胜来证明自己的军事策略，而遵义战役恰好是检验红军战斗力的战役。随着二战娄山关大捷拉开了遵义战役的序幕，短短数天的遵义战役，红军官兵歼灭和击溃国民党军2个师8个团，毙伤敌2400多人，俘虏3000多人，取得了中央红军自长征以来最大的一次胜利。

遵义会议后，年轻的中国共产党扔掉"洋拐杖"，提出"中国革命斗争的胜利要靠中国同志了解中国情况"，实事求是、独立自主地确定长征路线。中央红军一路斩关夺隘，彻底粉碎了国民党数十万大军的围追堵截，胜利到达陕北。中国共产党真正懂得了独立自主，中国革命尝到了独立自主带来的胜利滋味。

历史链接

遵义会议之后，中央红军在长征途中，以毛泽东同志为代表的中共中央和中革军委为争取战略主动，在赤水河流域进行了四渡赤水的决定性运动战，这次战役也是著名的以少胜多、以弱胜强的经典战例。遵义会议和四渡赤水是理论与实践的关系：没有遵义会议，中央就没有一个正确的领导核心，也就没有正确的军事路线、思想路线、组织路线；四渡赤水的胜利证明了遵义会议的正确性和真理性，以铁的事实有力地回答了红军内部部分同志的种种疑问，为以后的军事行动打下了坚实的思想基础，成为中国革命胜利的新起点。

泸定桥

位于四川省甘孜藏族自治州泸定县泸定镇的大渡河上。该桥始建于清康熙四十四年(1705年)9月,建成于康熙四十五年(1706年)4月。桥长103.67米,宽3米,13根铁链固定在两岸桥台落井里,9根为底链,4根分两侧为扶手,共有12 164个铁环相扣,全桥铁件重40余吨。1935年,中国工农红军在长征途中"飞夺泸定桥",使之成为中国共产党重要的历史纪念地。1961年,泸定桥被国务院公布为首批"全国重点文物保护单位"。红军飞夺泸定桥纪念馆被中宣部公布为首批"全国爱国主义教育示范基地"。

革命故事

飞夺泸定桥

1935年5月,红一方面军第一军团二师四团一营二连在长征中创造了飞夺泸定桥的伟大壮举,连长廖大珠等22人被中革军委授予"飞夺泸定桥二十二勇士"荣誉称号。

泸定桥架于大渡河上,由13根碗口粗的铁索组成,铁索两端筑

泸定桥上的铁索链

有桥楼。大渡河在两峰夹挤中，宛如一头猛兽，奔腾咆哮，急泻而下。守桥之敌是国民党川军刘文辉第二十四军的一个团。为阻拦红军过河，敌人在桥楼处用沙袋构筑了工事，并将平时铺在铁索上的木板拆除掉。

红四团团长王开湘和政委杨成武侦察地形后，立即召开全团干部会议，研究由哪个连担任夺桥突击队。二连连长廖大珠忽地站起来，激动地说："一连强渡乌江立了功，成为模范连，我们二连要向一连学习，争当夺取泸定桥的英雄连！"经过他的强烈请战，团长王开湘决定由二连担任夺桥突击队。

泸定桥旧照

下午4时，总攻开始。随着一声令下，由全团司号兵组成的号队同时吹响震撼河谷的冲锋号，所有轻重机枪一起向河东岸射击。二连连长廖大珠、指导员王海云和四班副班长刘梓华等22名勇士组成突击队，勇敢地冲向桥头。

桥上，根根铁索闪着寒光；桥下，滔滔河水奔腾汹涌。

22名勇士每人一支冲锋枪或驳壳枪，背插马刀，腰缠手榴弹，手抓、脚踏铁索，冒着炮火，迎着枪弹，向东岸桥头步步逼近。敌人将机枪、迫击炮等轻重火器部署于桥头工事，向他们拼命开火。敌人的子弹在他们的头顶、身边、脚下呼呼乱窜，勇士们一节又一节、一尺又一尺，艰难地向前移动。一个勇士忽然中弹，掉进了波涛滚滚的大渡河，但其他勇士毫不畏惧，仍奋力向前爬着。眼看就要接近桥头了，前方桥楼突然燃起熊熊烈火，守桥之敌用火焰形成第二道防线，妄图阻止勇士们前进。

一直密切注视着突击队行动的王开湘和杨成武心头一紧，立刻意识到情况的严重性，禁不住振臂高喊："同志们，这是胜利的最后关头，冲过去！莫怕火！冲过去就是胜利！冲啊！"突击队勇士们被熊熊大火点燃了衣服也全然不顾，勇猛地向前突击，一枚枚手榴弹嗖嗖地飞向敌群。在一片爆炸声中，他们冲上桥头，穿过火海，杀向敌群。

敌人企图趁大部队尚未过桥之际，一举消灭突击队。突击队勇士们占据一块阵地，向敌人猛烈射击。相持中，突击队勇士们的子弹眼看就要打光了，敌人趁机发起反扑。勇士们丝毫没有退缩，从背上抽下大刀，同敌人展开激烈的肉搏战。

就在这紧急时刻，杨成武率三连赶到，一阵勇猛冲杀，击退了反扑的敌人。不一会儿，王开湘率领的后续部队也投入战斗。经过近两个小时的激烈战斗，部队俘敌 100 余人，缴枪 100 余支。敌余部见大势已去，狼狈逃窜。

22 名勇士中只有廖大珠、王海云、李友林、刘金山、刘梓华、赵长发、杨田铭、云贵川 8 人有史册记载，其他 14 人均成了无名英雄。

历 史 链 接

1935 年 5 月，红军长征到达大渡河渡口安顺场。安顺场是太平天国将领石达开全军覆没之地，蒋介石企图让红军成为第二个"石达开"，亲自部署"大渡河会战"，电文称"大渡河天险，共军必难飞渡，必步石军覆辙"，并派重兵前去堵截。红军要渡过大渡河，仅靠渡口的三只小船，需要一个月左右。当时敌军离红军也就几天的行程了，在这紧急关头，毛泽东当机立断，决定于 5 月 26 日兵分两路沿河而上，夺取大渡河上游的泸定桥。此战，创造了飞夺泸定桥的伟大壮举。

宝塔山

位于陕西省延安市宝塔区城东，延河之滨，山高 1135.5 米，在山上可鸟瞰整个延安城区。古称嘉岭山，因山上有塔，故通常称作宝塔山。山上的宝塔始建于唐，现为明代建筑，平面八角形，共 9 层，高约 44 米，为楼阁式砖塔，是延安的标志性建筑，也是革命圣地的重要标志和象征。1961 年，国务院将其归入第一批"全国重点文物保护单位"延安革命旧址之中。2020 年，宝塔山被陕西省委宣传部命名为"爱国主义教育基地"。

革命故事

宝塔山下探初心

1935 年 10 月，一支战士平均年龄 19 岁、干部平均年龄 24 岁的队伍辗转漂泊，终于找到了扎根的土壤——宝塔山。人们也许没有想到，由中国共产党领导的这支队伍，竟成了全民族抗战的中流砥柱；更没有人想到，这支队伍只用了短短十几年时间，从这里走向全中国，取得了中国革命的最终胜利。

宝塔山下，方寸斗室狭小逼仄，一张旧木床、一盏煤油灯、一部老式电话，构成了毛泽东的办公场所。在这里，一个又一个漫漫长夜，毛泽东在昏黄的油灯下探讨共产党人的初心使命，写下了一篇篇为中国人民谋幸福、为中华民族谋复兴的光辉著作，指引着这支队伍前进的方向。

宝塔山上，在物资极为缺乏的艰难时期，毛泽东率先垂范，开荒种地，倡导自己动手、丰衣足食。全党全军上下一心，有了陕北的好江南"南泥湾"，开展了纺纱比赛等大生产活动，不但解决了部队官兵的吃穿用度，而且还有余力支援人民群众。

宝塔山下，在延安文艺座谈会上的讲话成为延安整风运动的一个重要组成部分，解决了中国无产阶级文艺发展道路上遇到的理论和实践问题。

从此,文艺工作者纷纷到群众中去、到火热的斗争中去,熟悉工农兵,转变立足点,为革命事业做出了积极贡献。

1936 年,美国记者斯诺在延安采访时,看到中国共产党人具有一切为了人民的理想信念和艰苦朴素的生活作风,他把这种景象称为"东方魔力",并向全世界做了报道。

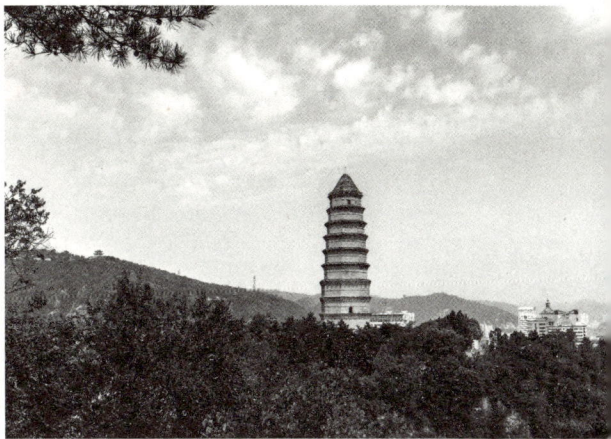

宝塔山近景

在"东方魔力"的吸引下,广袤的中国版图上处处回荡着"我要去延安"的声音,无数有志之士背着沉重的行李,冒着被国民党军队封锁、绑架和杀头的危险,前仆后继,冲破封锁线,向着抗日救亡旗帜高高飘扬的方向、向着心中的圣地坚定前进。

"东方魔力"的背后,是这片红色土地上孕育的延安精神。坚定正确的政治方向,解放思想、实事求是的思想路线,全心全意为人民服务的根本宗旨,自力更生、艰苦奋斗的创业精神。在宝塔山的峥嵘岁月里,中国共产党由小到大、由弱到强,从低谷走向高峰,最终扭转了中国的乾坤。

历史链接

1940 年 5 月,陈嘉庚率领南洋华侨回国慰劳抗日军民。蒋介石对此十分重视,每天山珍海味地接待,陈嘉庚失望地说:"前方吃紧,后方紧吃。"当陈嘉庚来到延安时,毛泽东从自己的菜地里摘了青菜,招待陈嘉庚吃了一顿朴素而难忘的饭。当时,院中放着一张没有油漆的方桌,桌子又矮又小,四周摆了几个小凳子,桌上铺了一张报纸。吃饭时,桌上只有青菜、咸萝卜干,加一碗鸡汤。这碗鸡汤,还是用邻居老大娘知道有远客而特地送来的鸡做的。延安之行,共产党领导人用民主、平等、清廉与简朴的作风折服了陈嘉庚,他坚信:"中国的希望在延安!"

六盘山

位于宁夏回族自治区固原市境内,海拔 2928 米,是近南北走向的狭长山地。山路曲折险狭,须经六重盘道才能到达顶峰,因此得名。2005 年 9 月 18 日,宁夏回族自治区党委、政府为纪念红军长征翻越六盘山暨长征胜利 70 周年,在六盘山上建设六盘山红军长征纪念馆,由纪念馆、纪念碑、纪念广场、纪念亭、吟诗台五部分组成。2005 年,该馆被列为"全国爱国主义教育示范基地";2006 年,被命名为"全国青少年教育基地";2019 年,被命名为"全国民族团结进步教育基地"。

革命故事

长征路上的千古绝唱

天高云淡,望断南飞雁。不到长城非好汉,屈指行程二万。
六盘山上高峰,红旗漫卷西风。今日长缨在手,何时缚住苍龙?

这首《清平乐·六盘山》是 1935 年毛泽东登上六盘山时创作的词,它留下了"不到长城非好汉"的千古名句,六盘山也因此名扬四海。

1935 年 10 月 5 日,红一方面军一军团、三军团和中央领导机关组成的陕甘支队北上,进入今天的宁夏固原西吉县境内。当时,国民党军为了阻截中央红军和陕北红军会合,在六盘山一带设置重兵。六盘山周围有国民党毛炳文两个师、东北军何柱国的骑兵部队、门炳岳及西北马鸿宾的部队,形势相当严峻。

7 日,陕甘支队主力沿固原王套村、后莲花沟到达六盘山。纵览逶迤六盘雄姿,眼底尽收招展的红旗,想到红军北上即将到达目的地,毛泽东心旷神怡，精神振奋，联想到红军走过的艰难历程，展望革命前景，感慨万千，诗兴勃发，不禁吟道："天高云淡，望断南归雁，不到长城非好汉！同志们，屈指行程已二万！同志们，屈指行程已二万！六盘山呀山高峰，赤旗漫卷西风。今日得着长缨，同志们，何时缚住苍龙？同志们，何时缚住苍龙？"这便是后来广为传诵、气壮山河的《清平乐·六盘山》一词的雏形。红军到达陕北后，毛泽东在瓦窑堡写下了这首壮丽诗篇。

1942 年 8 月 1 日，新四军主办的《淮海报》副刊《文艺习作》上刊登了这首词，很快便在抗日根据地和八路军、新四军中广为流传，极大地鼓舞了抗日军民的斗志。

1949 年 8 月 1 日，这首词又在上海《解放日报》上发表，题名改为《清平乐·六盘山》，内容由原来的自由体改为规范的"清平乐·词曲"，并将诗词中的"赤旗""何时"改为"红旗""他年"。中华人民共和国成立后，《诗刊》创刊，创刊号又重新发表这首词，词中"红旗""他年"改为"旄头""何时"。

1959 年，作为中华人民共和国成立十周年重点工程的北京人民大会堂落成，各省、自治区、直辖市按照规定各自布置自己的会议厅。当时，许多同志都想到把毛泽东长征过六盘山时所作的诗词刻在宁夏特有的贺兰石上，悬挂在北京人民大会堂宁夏厅内。可毛泽东的手稿当时查不到，时任宁夏工作委员会秘书长的黑伯理就给董必武写了封信，请董必武帮忙，董必武非常高兴地答应了。

"不到长城非好汉"石刻

六盘山旧照

1961 年，在江西庐山召开中央工作会议期间，毛泽东在开会之余，挥毫书写了《清平乐·六盘山》这首词，落款是"一九六一年九月应宁夏同志嘱书，清平乐六盘山，毛泽东"，并致信"必武同志，遵嘱写六盘山一词，如以为可用，请转付宁夏同志。如不可用，可以再写。顺祝健康，毛泽东，一九六一年九月八日"。这一次，"旄头"被改为"红旗"。

1961 年 9 月 30 日，《宁夏日报》首先在头版套红刊发了《清平乐·六盘山》诗词手书墨迹，还发表了一篇"不到长城非好汉"的社论。从此，宁夏的六盘山更负盛名。六盘山作为中国工农红军长征翻越的最后一座大山，是长征胜利的重要标志之一，所以也被誉为"胜利之山"。

历 史 链 接

1935 年 10 月 7 日，中央红军翻越六盘山，来到一个叫青石嘴的地方。得知门炳岳骑兵第十三团负责向固原运送军装和弹药的两个连正准备在这儿休息吃饭，毛泽东当即命令一纵队突袭青石嘴。随着战斗命令下达，红军战士像猛虎下山般扑向敌人。敌人正在吃午饭，没有料到神兵天降，还没来得及解开缰绳上马就当了俘虏。战斗结束后，中央红军首长审时度势，以缴获的 100 多匹战马为基础，将红一纵队侦察连改编为骑兵连，第一任连长梁兴初，副连长刘云彪，这就是中央红军第一支骑兵部队。此后，这支威武的骑兵部队在党的领导下，南征北战，屡立战功，为抗日战争、解放战争的最终胜利做出了应有的贡献。

瓦窑堡革命旧址

位于陕西省子长市城区瓦窑堡镇，主要包括中共中央政治局瓦窑堡会议会址、西北革命军事委员会旧址、中国抗日红军大学校址及毛泽东旧居、周恩来旧居等。瓦窑堡就是用砖块砌起来的窑洞。1935 年 12 月 17 日开始，在此召开了毛泽东主持的中共中央政治局会议，讨论了抗日民族统一战线等问题。1988 年，瓦窑堡革命旧址被国务院公布为第三批"全国重点文物保护单位"；1996 年，被确定为陕西省"爱国主义教育基地"；2016 年，被列入《全国红色旅游经典景区名录》。

革命故事

民族抗战的号角在这里吹响

1935 年夏秋之间，日本帝国主义制造华北事变，妄图吞并华北，进而灭亡整个中国。12 月 9 日，北平爆发了一二九运动，把全国的抗日救亡运动推向新高潮。此时，中国共产党面临着从土地革命战争向民族革命战争转变的新形势。中华民族正面临着"亡国灭种的大祸"。为了对整个形势做出分析，1935 年 12 月 17 日，中共中央在瓦窑堡召开了为期九天的政治局扩大会议，毛泽东、周恩来等十余人出席会议。主题会议上，毛泽东做了关于军事战略问题的报告。会议总结了两次国内革命战争的基本经验，批评了"左"倾关门主义，提出要从关门主义中解放出来，建立广泛的抗日民族统一战线。

为什么要在这个时候召开政治局扩大会议？当时大多数人还没有意识到党在政治路线上的错误，同时张浩带回了共产国际七大的精神，要尽快建立反法西斯统一战线，客观形势迫切要求中国共产党制定出正确的政治路线和策略。瓦窑堡会议为中国革命再次指明了方向。

窑洞内，两张八仙桌一并就是会议桌，六条长木凳就是与会人员的座椅，一盏煤油灯、一把茶壶，开会的设备齐全了。就是在这个简陋的会议室里，中国共产党发出了建立抗日民族统一战线的最强音。

如果说遵义会议解决了军事问题和组织问题，那么瓦窑堡会议则解决了政治问题，是遵义会议的继续和发展。

在瓦窑堡会议上讨论政治形势和党的策略路线时，就如何对待民族资产阶级及中间势力的问题，发生了激烈的争论。毛泽东表示民族资产阶级和其他中间势力同样受着日本侵略的影响，有两重性，在这个亡国灭种的关键时候有参加抗日的可能，甚至连大资产阶级营垒也有分化的可能，要团结一切可以团结的人。但是，博古仍坚持"左"倾关门主义的态度，在他看来，根据苏联的经验，民族资产阶级这样的中间阶层是最危险的敌人，绝对不能团结。

"在江西中央苏区，福建十九路军曾要和我党联合反蒋，遭到当时的中央拒绝，使我们失去了同盟。"注重实践的毛泽东用事实说明了"左"倾关门主义对中国革命的损害。

会后，毛泽东根据瓦窑堡会议决议精神，于12月27日在党的活动分子会议上做了《论反对日本帝国主义的策略》的报告，进一步从理论和实践上阐明了党的抗日民族统一战线策略方针。

从此，中国共产党吹响了民族抗战的号角！

历 史 链 接

1935年，党中央长征到达陕北后，星罗棋布的窑洞就成为中国共产党人新的家。自此，延安的窑洞成为革命的窑洞、思想的窑洞和精神的窑洞。在窑洞昏暗的油灯下，一部部经典著作应运而生：从《实践论》《矛盾论》到《论持久战》；从《〈共产党人〉发刊词》到《改造我们的学习》；从《新民主主义论》到《论联合政府》；从《纪念白求恩》《为人民服务》到《愚公移山》……据统计，1991年版《毛泽东选集》共收入文章159篇，其中延安时期完成的有112篇；《毛泽东军事文集》共收入文章1628篇，延安时期完成的有938篇。

夹金山

位于四川省阿坝藏族羌族自治州小金县南部，与著名的四姑娘山风景区毗邻，主峰海拔 4930 米，总面积 207 平方千米。山上终年积雪，空气稀薄，没有道路，气候变化无常。当地有歌谣："夹金山、夹金山，离天三尺三；鸟儿飞不过，人畜不敢攀；要想越过夹金山，除非神仙到人间。"夹金山是红军翻越次数最多的雪山，垭口主要有两个：一个是王母寨垭口（海拔 4114 米）；另一个是程胡岭垭口（海拔 4400 多米）。因为红军长征翻越夹金山，夹金山从此载入中国革命的光荣史。2017 年 3 月，夹金山纪念馆被中宣部公布为"全国爱国主义教育示范基地"。

革命故事

风雪翻越夹金山

1936 年 2 月，休整了一段时间的红四方面军决定北上，需要翻越夹金山。通知下发各部队后，再层层动员。

一个下午，红四军十师二十八团四连召开全体军人大会进行传达动员，并要求在 7 天内，每人准备 25 斤干粮、5 双草鞋和 1 双包脚布。到了第 5 天，连长亲自进行了检查，并做了示范，他要求大家过雪山进入积雪凝冰带时做到：皮肤不许外露；任何情况不准停留，迅速前进；不准鸣枪和高声喧哗；前后不准拉距离，不准掉队。

炊事班班长刘青山用自己的钱买了 50 斤盐、10 斤姜、5 斤红糖，这些东西都是爬雪山时最需要的，烧一锅姜汤，既解渴又驱寒。可是，这些东西叫谁背呢？让战士们每人背一点？不行；自己背吧，又有铁锅炊具。正为难时，连长来了。了解情况后，连长和通信员共背了 20 斤，其余的刘青山自己包了。

太阳快要落山时，大家开始翻越夹金山。开始登山时还顺利，大家一个紧跟一个，可一进入积雪带，气温就越来越低，战士们的脚下踩着冻得像镜子一样的冰，每人用一根木棍支撑着，顾不上寒冷，紧跟着大部队往山上爬。由于山高空气稀薄，战士们呼吸困难，头晕目眩，两腿酸软，只能一步一停地挪动着。刘青山背着一口大锅和40多斤盐，踏着前面战士走过的脚印，一步一步地小心前进。

走了一段路，突然阴云密布，刮起了山风。战士们没有防备，被山风卷起的雪扑了一身，原本就冷得浑身发抖，这一下更是雪上加霜。很多战士一时支持不住，一不小心就从山上滑了下去。大家拼尽全力，互相搀扶着、鼓励着，艰难地向上攀登。

红军翻越夹金山

就要接近山顶了，天空突然乌云翻滚，狂风大作，大雪夹着鸡蛋般大小的冰雹劈头盖脸地砸下来。许多战士还没来得及反应，就被风雪和冰雹打下山崖，英勇牺牲……

"不准停留，不准停留！"连长的口令不断在耳边响起，大家迈开沉重的双腿，一步一步，艰难跋涉……

到达山顶后，风更加猛烈。战士们翻越山顶，风雪逐渐平静，不一会儿就进入了一条沟峪，听到了潺潺的流水声。

营长和教导员站在路边等待着大家的到来，说："走了 14 个小时，就在这里休息一下，吃顿饭再走。"连长整队清点人数，发现全连还有 45 人没有到，其中包括炊事班班长刘青山。

刘青山 50 多岁了，敌人第四次"围剿"时，他的老伴被敌人杀害了，房子被敌人烧了，他背着 3 岁的小儿子逃出了家门。参军后，他在四连当炊事员，像母亲照料孩子一样关心着全连每一个战士。冬天他不叫战士吃一顿凉饭，仗打得再激烈，也要把饭送到阵地上。

营长双眉紧蹙，问道："你们在后面看见老班长了吗？"排长摇摇头说："没看到。"大家都沉默了，目光不约而同地投向远处的雪山，只见白茫茫的一片，不见有一人赶来。

连长的嘴唇在不停地颤抖，不少战士已经控制不住自己的感情，大声哭起来。正在这时，有人忽然惊喜地高喊："你们看谁来啦！"

不远处，老班长刘青山背着一口大锅晃晃悠悠地走来。大家一窝蜂地跑上前，围着老班长七嘴八舌地问他怎么才来。刘青山捋了捋胡子说："背锅像行船一样，得巧借风力行走。关键是锅不能丢，有了我的锅，你们才能吃上饭，才能打胜仗。"刘青山的一席话打破了沉闷的气氛。这时，那口和战士们形影不离的铁锅四周，又冒起缕缕炊烟。

历 史 链 接

夹金山是"中央红军翻越的第一座雪山"，但不是"红军翻越的第一座雪山"。长征途中，红军三大主力都翻越过雪山。其中，红四方面军翻越雪山时间最早，1935 年 4 月即开始翻越雪山，而中央红军在 1935 年 6 月才开始翻越雪山。近年来，已证实红军三大主力长征途中翻越雪山总计达 70 余座，而夹金山是长征途中留下纪录最多的一座雪山，仅中央红军（红一方面军）就有三次翻越。

松潘草地

位于四川省阿坝藏族羌族自治州北部，为西倾山、岷山、巴颜喀拉山之间的草原，绵延 300 千米，面积约 1.52 万平方千米，海拔 3500 米以上，河道迂回摆荡，水流滞缓，叉河、曲流横生，由于排水不良，形成了大片沼泽。水草盘根错节，结成片片草甸，覆盖于沼泽之上。气候变幻无常，极为恶劣，人迹罕至。1934 年到 1935 年，中国工农红军先后通过松潘草地。为纪念红军征服雪山、草地的壮举，1988 年 6 月，中共中央、中央军委在松潘县川主寺镇元宝山上建造了红军长征纪念碑碑园。碑园先后被列为"全国重点文物保护单位""全国爱国主义教育示范基地""全国民族团结进步教育基地"。

革命故事

半截皮腰带

1936 年 7 月，红四方面军三十一军九十三师二七四团八连和兄弟部队从四川甘孜出发，开始第三次穿越草地。

举目望去，茫茫无边的草原上笼罩着阴森迷蒙的浓雾，使人很难辨别方向。草丛里河沟交错，积水泛滥，水呈淤黑色，散发着腐臭的气味。在这广阔无边的沼泽中，根本找不到道路，一不留神就会陷入泥潭中拔不出腿。好在有了前两次过草地的经验，战士们踩着草墩，一步一步地小心前进。

越是往草地中心走，困难就越大。时风时雨，忽而漫天大雪，忽而冰雹骤下。衣服被雨雪打湿了，战士们就靠体温暖干；夜晚露营时寒冷难忍，战士们就挤在一起，背靠背取暖；草地里没有清水，战士们就喝带草味的苦水。红军个个都是英雄汉，他们忍受着各种困难的折磨，以坚强的革命意志，坚持每天按计划的路程前进。

经过几天的行军，粮食被吃光了，战士们只好沿路找野菜、嚼草根充饥。到后来，连野菜也找不到了，他们只能吃枪带、鞋子上的皮子和腰带。在同班其他六名战友的皮腰带都吃完后，大家对年仅14岁的小战士周广才说："该吃你的了！"战士们都知道周广才的这条皮腰带是在战场上缴获的战利品，他把它看作宝贝疙瘩。周广才不舍得吃掉自己的皮腰带，但是为了挽救全班战士的生命，他又不得不将自己的心爱之物贡献出来。

看着自己心爱的皮腰带被割掉一段，切成一根根皮带丝漂在稀溜溜的汤水里，周广才攥紧剩下的半截皮腰带，眼含热泪地对战友们说："我不吃了！同志们，我们把它留作纪念吧，带着它去延安见毛主席！"就这样，战士们怀着对革命胜利的憧憬，忍饥挨饿，将这剩下的半截皮腰带保留了下来。

在之后的长征路上，周广才的六位同班战友相继牺牲了，只有他随红四方面军到达了延安。周广才在皮腰带的背面烫上"长征记"三个字，用红色绸缎包裹起来，纪念那段永生难忘的峥嵘岁月。

周广才所在的二七四团八连后来发展为南部战区陆军第七十五集团军某旅二营四连，这条被截断的老旧皮腰带就珍藏在连史馆里，成了该连的"传家宝"，也是连队代代相传的红色基因和精神食粮。

习近平总书记在参观四连连史馆时，讲起长征途中"半截皮腰带"的故事，感触颇深。他说："红军战士宁肯忍饥挨饿，也要将半截皮带留下来，带着它'去延安见毛主席'。这就是信仰的力量，就是'铁心跟党走'的生动写照。"

历 史 链 接

1934年6月，红军制订了松潘战役计划，准备迅速、机动、坚决地消灭松潘守军胡宗南部，后由于红四方面军领导人张国焘的动摇，失去了战机，最后不得不放弃攻打松潘的作战计划。当时国民党军准备调集军队阻止红军北进，企图围困和消灭红军于岷江以西、懋功以北的雪山草地之间。一面是大敌当前，一面是渺无人烟、没有道路、几乎是生命禁区的草地，红军处于极其危险的境地。但英勇无畏的红军右路军和左路军在毛泽东、周恩来、朱德、刘伯承等人率领下，用了十几天的时间通过了大草地，创造了亘古未有的人间奇迹。

会师楼

　　位于甘肃省会宁县城西会师镇会师路，即原城门楼"西津门"。1936年10月8日，中国工农红军一、二、四方面军在会宁会师。1952年，会宁县人民政府为了纪念红军在会宁会师，将门楼改为会师楼，西津门更名为会师门。会师楼始建于明代，为歇山顶楼阁建筑，城楼由二层楼亭组成，为砖木结构，面宽三间，南北开门，下层为革命文物陈列室。会师楼被评为"大国印记：1949—2009中国60大地标"之一，会师门被誉为"中华第一门"。它们所在的红军会师旧址是"全国爱国主义教育示范基地""全国重点文物保护单位""国家安全教育基地"和"全国民族团结进步教育基地"。

革命故事

胜利大会师

　　1936年8月，红二、红四方面军相继进入甘南，与已在陕北扎根一年的红一方面军的会师指日可待。

　　会师地点的选择成为一个重要问题。会宁是丝绸之路北线陇西段的重要节点，自古就有"秦陇锁钥"之称。红四方面军北上必然会经过会宁，同时，会宁也是红军北进黄河实施宁夏战役的必经之地，四通八达，有利于红军运动防御作战，也有利于东进转移。党中央领导共同商定，将会师地点选在会宁。

　　"攻下会宁，用胜利迎接会师！"1936年10月2日凌晨，红一方面军十五军团直属骑兵团在团长韦杰、政委夏云飞的带领下，打进"西津门"，攻下会宁城，打响了红军三大主力会宁大会师的第一枪。

　　第二天中午，由刘保堂亲自率领的两个保安团从西南方向包围会宁，红军骑兵团在城门外北关给他们来了个下马威。刘保堂本想一气吃掉红军骑兵团,但没有攻下来,只好先住下来。红军骑兵团有计划地撤到城里,依靠城墙,迅速筑起了一条长 500 多米的工事,以天然的优势居高临下,迎击敌人。

秋天的夜晚,城防一带一片漆黑。为了不让敌人晚上偷偷地爬上城来,群众自发地把家里的灯送给红军。一时间城楼上挂上了马灯、麻油灯等各式各样的灯笼,把会宁城照得如同白天一般。几个偷偷爬城的敌人都被红军打了下去,刘保堂在城下干瞪眼,没法子。

第二天一早,刘保堂集合了全部兵力,发动总攻击。有一个敌人拿着一根棍子,指手画脚地赶着保安队往前冲,红军副班长朱凤才猜想这小子一定是个大官,于是集中火力向他射击,敌人随声倒下去了。周围的敌人一看,指挥官被打死了,再也不敢往前进,全都垮了下去。

敌人硬攻,没有把会宁攻下来,就改变了花样,企图以重武器和一个团的兵力攻下红军在城外小山上的制高点,然后再打会宁。红军扼守在山顶的一个排,依靠山上的工事和陡坡,连续打退了敌人四次进攻。敌人疯狂地用迫击炮、重机枪向制高点射击,不但没有奏效,炮弹反而落到自己人身上,打死了不少人。

从中午打到天黑,敌人没有前进一步。晚上,他们乱打了一轮炮,就逃跑了。

1936 年,红军攻克的会宁西津门

他们知道红二、红四方面军就要到了,而且红一方面军十五军团七十三师的两个团也已增援上来。

战士们专心地准备迎接二、四方面军的同志,有准备礼物的,有写标语的,搞得热火朝天。转眼间,会宁焕然一新,满城都贴上了"欢迎英勇的二、四方面军的同志们""向劳苦功高的二、四方面军致敬"等标语。群众还组织了欢迎队伍，敲着锣鼓，练习秧歌。

1936年10月10日黄昏，庆祝红一、红四方面军会师的联欢大会在会宁文庙开始了。战友们在一年多的时间里经历了会合、分离、再次会合，他们互相拥抱，欢声笑语不断。这一夜，这座陇原小城将永载史册。

历 史 链 接

1936年10月，红军三大主力一、二、四方面军历经艰难跋涉，冲破重重险阻，在会宁实现胜利大会师。这标志着红军长征胜利结束，画上了圆满的句号，中国革命开启了崭新的篇章。红军三大主力在会宁会师，既占领了枢纽地区，又掌握了战略主动权。历史就这样将会宁同长征永远地联系在一起。

洛川会议旧址

位于陕西省延安市洛川县永乡镇冯家村，现存对外开放的有会议室、警卫队、机要室、总务处四处旧址，以及毛泽东、张闻天、周恩来、朱德、彭德怀、徐向前、萧劲光 7 位领导人旧居，24 孔窑洞，16 间瓦房，总占地面积 19 869 平方米。洛川会议是中国共产党在重大历史转折关头召开的一次重要会议，对进行全面抗战和争取抗战的最后胜利具有重大意义。2001 年，洛川会议纪念馆被评为"全国爱国主义教育示范基地""全国重点文物保护单位"；2005 年，被确定为"全国红色旅游经典景区"之一；2014 年，入选《国家级抗战纪念设施、遗址名录》。

革命故事

全面抗战的序幕从这里拉开

1937 年 8 月 22 日至 25 日，中国共产党在洛川县城北 10 千米处的红军指挥部驻地冯家村召开了中共中央政治局扩大会议，史称"洛川会议"。

1937 年 1 月，党中央已经进驻延安，之所以将会址选在洛川一间普通的窑洞内，是因为此次政治局会议要扩大到部分红军将领，而当时红军的主要将领已经驻扎在三原、富平、泾阳等关中一带，准备开赴抗日前线。考虑到交通不便的情况，选择洛川便于延安的中央领导和前方的红军将领前来参会。

洛川会议中有中共中央政治局委员和候补委员共 22 人参会。会上，毛泽东做了关于军事问题的报告。他透彻地分析了当前抗战的形势，指出：由于敌人方面的强大而我们力量的弱小，抗日战争必然是一个持久战。要取得抗战的胜利，必须全国总动员，不分男女老幼，有钱的出钱，有力的出力，有知识的出知识，进行全民族的抗战。

《中国共产党抗日救国十大纲领》

《中共中央关于目前形势与党的任务的决定》

由于对战争的规律性和对日游击战争的战略地位问题的认识不同，对于出征后红军的作战方针，会议中有些不同的意见，争论的焦点是采用运动战还是游击战。一些红军将领主张打几个大仗，在运动战中消灭敌人的有生力量，用事实证明红军抗战的实力。

针对这些观点，毛泽东回应道："这样做是不明智的！出征后我们的主要作战还是以游击战为主，运动战为辅。从中日战争的特点出发，游击战争最能发挥我军优势。敌人武器装备好，机械化能力高，我们硬碰硬，运动战就成了消耗战。日军是孤军深入，我们只有放进来打。放进来就有基础了，人民群众在我们这一边啊。"

会议讨论的另外一个焦点是国共两党关系问题。统一战线虽然已经建立，但是国民党还不愿意发动民众和实行民主政治，还缺乏与共产党合作的诚意，所以抗战中还可能出现失败、退却、分化和暂时局部的妥协等情况。

会上，毛泽东强调，要保持共产党在政治上、组织上的独立性，必须坚持统一战线中的无产阶级领导权，吸取 1927 年大革命失败的教训，对国民党的"反共"倾向保持高度的警觉性。同时，要团结全国各阶层民众进行抗战，建立各党、各派、各界、各军的统一战线，建立工农兵学商一切爱国同胞的统一战线。在农村要实行减租减息，团结各阶层农民，也要团结开明士绅和地主参加抗战，对资产阶级、民族工商业者、知识分子的政策也要有相应的改变。

洛川会议通过了《中共中央关于目前形势与党的任务的决定》《中国共产党抗日救国十大纲领》和《为动员一切力量争取抗战胜利而斗争》。

8 月 25 日，中共中央革命军事委员会发布关于红军改编为国民革命军第八路军的命令。随后，朱德、彭德怀向国民政府和全国民众发布了就任八路军总指挥、副总指挥的就职通电，慨然宣示："日寇进攻，民族危急，敝军请缨杀敌，义无反顾。兹幸国共两党重趋团结，坚决抗战，众志成城。""愿追随全国友军之后，效命疆场，誓驱日寇，收复失地，为中国之独立、自由、幸福而奋斗到底！"

全面抗战、全民抗战的序幕，就此拉开！

历 史 链 接

1936 年 3 月 4 日，被红军俘虏的东北军六一九团团长高福源做通了张学良的思想工作，张学良亲自驾机从西安飞抵洛川，与李克农进行第二轮会谈。会谈中，张学良对第一阶段会谈达成的几项口头协议完全同意，并要求与中共高层会谈。之后周恩来与张学良在延安（当时叫肤施）天主教堂进行了坦诚会谈，终于达成"联蒋抗日"的协议，形成红军与东北军、西北军"三位一体"合作抗日的新局面。洛川会谈和延安会谈的成功，对陕北革命根据地的巩固、"西安事变"的和平解决和国共第二次合作产生了深刻影响，也为洛川会议的顺利召开创造了必要条件。

卢沟桥

位于北京市丰台区永定河上，也称"芦沟桥"，因横跨卢沟河（即永定河）而得名，为 11 孔联拱桥，是北京市现存最古老的石造联拱桥。始建于金大定二十九年（1189 年）6 月，桥身全长 266.5 米，宽 7.5 米，桥两侧雁翅桥面呈喇叭口状，各有 140 条望柱，柱头上均雕有形态各异的石狮。1937 年 7 月 7 日，日本在此发动全面侵华战争，史称"卢沟桥事变"（亦称"七七事变"），中国抗日军队在卢沟桥打响了全面抗战的第一枪。1961 年，卢沟桥被公布为第一批"全国重点文物保护单位"，1985 年正式退役，1991 年实现封闭管理。现卢沟桥旁边建设有中国人民抗日战争纪念馆，该馆成为全国唯一的抗战综合性纪念馆，并被评为"全国爱国主义教育示范基地"。

革命故事

永远不能忘却的炮声

卢沟桥旧桥面遗址

1937 年 7 月 7 日夜，日寇一部在卢沟桥附近借"军事演习"之名，向中国驻军挑衅，并以一名士兵失踪为由，强行要求进入宛平城搜查，遭到中国守军第二十九军第三十七师第二一九团团长吉星文的严词拒绝。为了达到以武力吞并全中国的罪恶野心，日寇悍然炮轰宛平城，制造了震惊中外的卢沟桥事变。

寂静黑夜里，一声炮响预示着民族存亡的关键时刻已经到来。驻守宛平城的中国军队扼守城门，任日寇如何冲击，城门始终坚固如铁。日寇正面攻击宛平城未能得手后，随即改变进攻方向，集中兵力猛扑卢沟桥。70多名中国守军在500多名日寇面前毫不退让。

卢沟桥上的炮弹声差不多响了一宿。驻守在卢沟桥北面的中国军队一个连仅有4人生还，余者全部壮烈牺牲。"卢沟晓月"，在这一晚，见证了中华民族抵御外侮的碧血丹心。

血染平津路，壮士报国恨。

日寇按预定计划调集约1万人向北平发动总攻。在100余门大炮和装甲车的配合、数十架飞机的掩护下，向驻守在北平四郊的南苑、北苑、西苑的中国军队发起全面攻击。第二十九军将士在军长宋哲元的指挥下奋起抵抗，谱写了一首

1937年7月，卢沟桥事变爆发后，中国守军在宛平城外构筑的防御工事

不屈的战歌。南苑是日寇攻击的重点，第二十九军驻南苑部队8000余人，其中有在南苑受训的军事训练团学生1500余人，他们浴血抵抗，奋起还击。第二十九军副军长佟麟阁、第一三二师师长赵登禹壮烈殉国，不少军训团的学生也在战斗中献出了年轻的生命。

北平沦陷，天津失守。

冀东保安队第一总队队长张庆余和第二总队队长张砚田在通县（今通州区）发动起义，反正抗日，击毙通县特务机关长细木繁中佐等数百人，活捉汉奸殷汝耕。第二十九军第三十八师在副师长李文田的率领下，发起天津保卫战，先后攻击天津火车站、海光寺等处日寇，斩获颇众，但遭到日机的猛烈轰炸，伤亡亦大，遂奉命撤退。

卢沟桥畔的枪炮声，让神州大地上的中华儿女义愤填膺。

"全中国的同胞们！平津危急！华北危急！中华民族危急！只有全民族实行抗战，才是我们的出路！"事变第二天，中共中央发出了《中国共产党为日军进攻卢沟桥通电》。

"抗战的一天来到了……大刀向鬼子们的头上砍去！杀！"一位名叫麦新的作曲家创作的这首《大刀进行曲》，很快传唱于城市的街头、校园，以及奔赴战场的抗日军民的心中。

危急关头，抗击侵略、救亡图存已然成为中国各党派、各民族、各阶级、各阶层、各团体，以及海外华人华侨的共同意志和行动。在中国共产党的倡导下，抗日民族统一战线正式形成。数万名红军将士改编为国民革命军第八路军，怀着满腔的热血和斗志东渡黄河，开赴抗日前线。

1937年9月25日，八路军进入山西不到一个月的时间，即取得卢沟桥事变以来对日作战的首个大捷——第一一五师在平型关伏击日寇，经过一场恶战，歼敌1000余人，打破了"日军不可战胜"的神话。

此后8年间，夜袭阳明堡、忻口会战、黄土岭战斗、百团大战、中国远征军赴缅甸……中国共产党领导的抗日武装力量与日本侵略者血战到底，粉碎了日本灭亡中国的侵略图谋。

历史链接

1937年7月10日，中外新闻学社摄影记者方大曾背着相机，通过一小时的日寇盘查，有惊无险地成为卢沟桥事变后首个抵临现场的新闻记者。在卢沟桥前线，他采访了奋勇杀敌的二十九军将士，拍下了身背大刀、步枪，守卫在卢沟桥石狮旁的中国军人的英姿。返回北平城后，他写成长篇通讯《卢沟桥抗战记》，署名"小方"，先后在上海《世界知识》《良友》杂志、英国《伦敦新闻画报》等国内外媒体刊发。这些由记者亲历现场记录下来的文字与图片，在第一时间向世人提供了中国全面抗战发端的一手信息，成为中华民族弥足珍贵的历史文献。

白洋淀

位于河北省雄安新区安新县、容城县、雄县境内，总面积366平方千米，是华北平原上最大的淡水湖泊，被3700多条沟壕、12万亩芦苇、5万亩荷花分割成143个大小不等的淀泊，其中白洋淀面积最大，故以此命名。抗日战争时期，活跃在白洋淀的水上游击队——雁翎队利用有利地形，驾小长工舟出入芦苇荡中，辗转茫茫大淀，谱写了一曲抗日救国的壮歌。白洋淀雁翎队纪念馆先后被评为全国"青少年爱国主义教育基地""中国十大红色旅游景区"、第三批河北省"爱国主义教育基地"；2020年9月，被国务院公布为第三批《国家级抗战纪念设施、遗址名录》。

革命故事

白洋淀上的雁翎队

抗日战争时期，在淀泊相连、苇壕纵横的白洋淀上，有一支神出鬼没、来无影去无踪的队伍，他们时而化装成渔民，巧端敌人的岗楼；时而出没在敌人运送物资的航线上，截获敌人的军火物资；时而深入敌人的心脏，为民除掉通敌的汉奸……这支令敌人闻风丧胆的队伍就是活跃在白洋淀上的抗日武装——雁翎队。

1938年秋，日寇以"献铜、献铁"为由，强迫当地猎户交出土枪土炮。这对以渔猎为生的猎户来说，等于被掐断了生命线，猎户们十分愤怒。

白洋淀上的雁翎队

　　针对这种情况，中共安新县委召集猎户揭露日军收缴猎枪的阴谋，号召组织抗日武装。当场有 22 名猎户报名，并自带枪排、大抬杆、火枪参加了抗日队伍。

　　大抬杆是当地猎人发明的一种专门打水禽的武器，枪筒又长又粗，枪身有 2.5 米至 3 米长，一个人扛不动，所以只能固定在一种特殊的专用船——"排子船"上。大抬杆不但打得远，而且火力足，威力很大。为了防止枪膛内的火药受潮，他们便在火眼和枪口处插上雁翎。打猎时，他们的排子船在淀面行驶时像群雁飞行呈现的"人"字形，于是这支队伍就有了一个富有诗意的名字——雁翎队。

雁翎队

　　当时，白洋淀是天津通往保定的水路，日寇大批量的物资运输都是由此而过。一次，十六七个鬼子带着 100 多名伪军分乘 3 条船，押送 100 多只包运船经过白洋淀的苇塘。

　　上午 8 点钟，黑压压的一大片包运船开过来了。3 只押运船懒洋洋地跟在后面，为首船上的几丈高的桅杆上吊了个箩筐，筐里一个瘦猴似的伪军正拿着望远镜东张西望。他好像发现了芦苇丛中的雁翎队战士，放下望远镜刚想喊，雁翎队队长郑少臣抬手一枪，"瘦猴"就从筐里栽了下来。

　　枪声如号令，30 副大抬杆和各种长枪、短枪一齐向鬼子开了火，敌人还没反应过来，雁翎队队员已经跳上大船，叭叭几枪，送他们回"老家"了。另一个船舱里的敌人从舱口支出一挺轻机枪，侦察员赵波眼疾手快，一枪毙敌。第三只船上的敌人用重机枪疯狂地朝苇塘扫射，两名雁翎队队员中弹倒下，雁翎队赶紧用机枪压住敌人火力。十几个队员扎猛子绕到敌船后面，敌人还没来得及回头，脑袋就被大刀片切到了河中。敌人的重机枪哑巴了，战斗很快结束了。

数九寒天，万物凋零，雁翎队失去了荷叶、芦苇等天然屏障的掩护，加之水面结了冰，队员们无法行船，日伪军便利用这个机会疯狂"围剿"雁翎队。而雁翎队在白洋淀人民的支持下，创造了"土坦克""冰上轻骑"等冰上交通、作战工具，巧妙地与敌人周旋。

他们还发明了一种"葫芦水雷"。这种水雷以葫芦为原料，将葫芦剖开，放入炸弹，把它藏在每一条航道的水藻下，神不知、鬼不觉地炸翻了许多来往于天津、保定间的敌船。

这支骁勇的水上游击队，从最初的 20 多名渔民、猎户，发展到能征善战的近 200 人的队伍。他们利用水上优势，与敌人交战 70 余次，仅牺牲 8 人，击毙、俘获了日伪军近千人，缴获了大量军火和军用物资。特别是自 1939 年到 1943 年的 4 年中，雁翎队在 35 次战斗中，有 16 次是一枪未发而制胜。

朱德总司令和华北军区司令员聂荣臻曾专程到白洋淀接见雁翎队全体指战员，对他们在抗日战争中的光辉战绩给予了高度赞扬和肯定。

历 史 链 接

中华人民共和国成立后，产生了以白洋淀为特色的文学流派——"荷花淀派"。"荷花淀派"是白洋淀革命文学的最高成就。白洋淀军民英勇抗日的事迹，为文学创作提供了丰富而深广的题材。"荷花淀派"文学以现实主义为基础，记录白洋淀人民依水而战、保家卫国的英雄事迹和光辉形象。《荷花淀》《芦花荡》《风云初记》开中国诗化小说之先河，奠定了"荷花淀派"的基础。此后，《新儿女英雄传》《白洋淀水战》《小兵张嘎》《紫苇集》《雁翎队》等文学和影视作品纷纷发表或公映，受到了人们的欢迎。

八女投江处

位于黑龙江省牡丹江市林口县刁翎镇三家子村东北约 4 千米处，柞木岗子山下，乌斯浑河左岸老道口一带。1938 年秋，抗联八名女战士在乌斯浑河边英勇抗击日军，弹尽援绝，宁死不屈，集体殉难。牡丹江市政府在牡丹江畔的江滨公园建立了一座巨型八女投江纪念群雕，在刁翎镇三家子村建起了八女投江遗址纪念馆。2014 年，八女投江殉难地遗址入选国务院公布的第一批《国家级抗战纪念设施、遗址名录》；2015 年，被中宣部命名为"爱国主义教育示范基地"；2017 年，被国家国防教育办公室命名为第四批"国防教育示范基地"，并入选《全国红色旅游经典景区名录》。

革命故事

八女投江

1938 年 10 月，东北抗日联军第五军第一师的一支百余人的队伍被乌斯浑河挡住了去路，队伍中有妇女团的八名女战士，她们是冷云、胡秀芝、杨贵珍、郭桂琴、黄桂清、李凤善、王惠民、安顺福。

经过几日的奔袭，抗联战士们又饿又累，带队的领导决定在岸边休息一夜。10 月的北方，天气已经非常寒冷，部队在江畔露宿，不得不燃起几堆篝火取暖。日伪特务葛海禄发现江畔有篝火闪动，立即报告给了日本守备队。后半夜，日寇熊本大佐集合了 1000 多个日伪军将抗联战士包围。战士们发现日寇围了上来，急忙向外冲。冷云比较冷静，她命令七名女战士就地卧倒，敌人没有发现她们，只顾向大部队逼近。

此时情况十分危急，在生死关头，冷云果断地组织女战士从背后袭击敌人，吸引日寇火力，掩护大部队突围。正在追赶抗联主力部队的日伪军突然遭到来自背后的攻击，一下子慌了神，以为中了埋伏，慌忙抽出一部分兵力予以还击，抗联主力部队乘机突出了日寇的包围圈。日伪军眼见不能全歼抗联部队，便集中兵力气势汹汹地向八名女战士据守的江岸阵地扑来，企图活捉她们。

面对如潮水般扑来的敌人，八名女战士宁死不屈，冲大部队齐声高喊："快往外冲啊！保住手中枪，抗战到底！"日寇得知突袭他们的只有八名女兵时，顿时猖狂起来，边打边叫："乖乖投降吧！皇军不会亏待妇女！"

当大部队发现还有八名女战士没有冲出日寇的包围时，多次组织部队回来营救，但都因日寇火力强大未能成功。

在背水作战、弹尽粮绝的情况下，八名女战士大义凛然，视死如归。冷云坚定地对大家说："同志们，我们是共产党员、抗联战士，宁死也不做俘虏！为祖国的解放而战死，是我们最大的光荣！"她们投出了最后一颗手榴弹，趁敌人卧倒的机会，毁掉枪支，高唱着《国际歌》，手挽手地走进了冰冷的乌斯浑河，集体沉江，壮烈殉国。牺牲时，她们中年龄最大的冷云 23 岁，最小的王惠民才 13 岁。

"八女投江"的事迹迅速传遍了全国，鼓舞了中国人民的抗战斗志。东北抗联第二路军总指挥周保中得知"八女投江"的壮举后，当即题写了"乌斯浑河畔，应有烈女标芳"。中华人民共和国成立后，以"八女投江"为题材拍摄了电影《中华女儿》，女英雄们的高尚气节强烈地感染了千千万万的中国人。

历 史 链 接

东北抗日联军是中国共产党领导下的一支英雄部队。九一八事变发生，日寇侵占中国东北以后，由部分原东北军、中共抗日游击队、"农民暴动"武装、义勇军等组成。他们在中国共产党的领导下，同日寇进行了长达 14 年的艰苦斗争，牵制 76 万日寇，消灭日寇关东军 18 万，表现了中华民族不畏强暴、英勇不屈的精神，有力地支援了全国的抗日战争和世界反法西斯战争。在和敌人的斗争中，东北抗联师以上干部 100 余人战死疆场，其中军以上干部有 20 余人，如杨靖宇、赵尚志、王德泰、魏拯民、陈翰章、宋铁岩等。

杨家岭

位于陕西省延安市城区西北 2 千米处，1938 年 11 月至 1947 年 3 月，中共中央领导在此居住。杨家岭革命旧址主要有中央大礼堂、中央书记处、办公厅、组织部、宣传部、统战部、妇委旧址，以及毛泽东、周恩来、朱德、刘少奇旧居。当年这里还曾进行过轰轰烈烈的大生产运动和延安整风运动，并胜利召开党的第七次全国代表大会。旧址被评为第一批"全国重点文物保护单位""全国爱国主义教育示范基地""国家国防教育示范基地"。

革命故事

名垂青史的杨家岭

毛泽东在延安生活、战斗了 10 个春秋，搬了许多次家，其中在杨家岭居住的时间最长，差 1 个月就满 5 年。

纵观毛泽东的一生，有几个理论创作的辉煌时期，延安 10 年是其一，而其中杨家岭时期更是他理论创作的巅峰。在杨家岭，毛泽东住在两间窑洞里，里间是寝室，有一张木床、一个小木方凳、一个木箱；外间是办公室，有一个旧书架、一张作为办公桌的旧方桌，还有一些小方凳。就是在如此艰苦的环境中，他一面紧张地处理着繁杂工作，一面坚持进行理论研究，常常通宵达旦，废寝忘食。《〈共产党人〉发刊词》《中国革命和中国共产党》《新民主主义论》等一篇篇著作就是在这两间窑洞里完成的，从而构筑了新民主主义的全新理论体系。

延安时期，中央党校是专门培养党的中高级理论干部的学校。1943 年 3 月至 1947 年 3 月，毛泽东担任中央党校校长。这项任职和延安整风运动紧紧地联系在一起。1943 年，中央党校修建的一座可容千余人的大礼堂将要竣工时，有人提议在正面挂个题词，毛泽东欣然命笔，"实事求是"的石刻由此镶嵌入正门，成为党校学员甚至今天全党学习研究马列主义的座右铭。

在大生产运动中，毛泽东身体力行，参加生产劳动。他在繁忙的工作之余，在自己居所的坡下开垦了一块荒地，并种上各种蔬菜，为全党树立了"自己动手，丰衣足食"的榜样。

在杨家岭，机关工作人员与警卫部队还自己动手修建了中央办公厅的办公楼和中央大礼堂。1942 年 5 月，中宣部召开文艺座谈会，有近百人参加会议。毛泽东亲临会场听取意见，并做了重要讲话。《在延安文艺座谈会上的讲话》是毛泽东文艺思想的成熟与丰富的集中体现，是对马克思主义文艺理论的重大发展，是指引革命文艺前进的旗帜，虽历经 80 年风风雨雨，但对于繁荣社会主义文艺仍然具有指导和启迪意义。

1945 年 4 月，中国共产党第七次全国代表大会在延安隆重举行。主席台上方的横幅上醒目地写着 12 个大字："在毛泽东的旗帜下胜利前进。"正是在这次大会上，中国共产党构筑了自己的第一座理论大厦——毛泽东思想。大会通过的党章，第一次写入了这样的内容："中国共产党以马克思列宁主义的理论与中国革命的实践统一的思想——毛泽东思想，作为自己一切工作的指针。"

所有这一切，使得杨家岭这个小小的山村青史留名。

历 史 链 接

延安整风运动是中国共产党历史上首次大规模的整风运动，是党的建设史上的一个伟大创举。1941 年 9 月，中央举行政治局扩大会议，对王明"左"倾错误的实质做了认真的研究和讨论，毛泽东在会上做反对主观主义和宗派主义问题的报告，为整风做准备。1942 年 2 月，毛泽东先后做《整顿党的作风》《反对党八股》的报告，整风运动开始。1945 年 4 月，中共六届七中全会通过了《关于若干历史问题的决议》，整风运动结束。通过延安整风，全党确立了一条实事求是的马克思主义思想路线，大大提高了干部队伍的思想政治水平，使党达到了空前的团结统一。

红岩村

　　位于重庆市渝中区化龙桥附近，因其地质成分主要为侏罗纪红色页岩而得名。抗日战争时期，中共中央南方局和八路军驻渝办事处设于此，周恩来、董必武、叶剑英、博古、吴玉章、王若飞、邓颖超等中国共产党领导人曾在此生活、工作，历时 8 年，为中国抗日战争的胜利做出了卓越的贡献。办公大楼是一幢外看二层、实际三层的深灰色大楼，占地800 平方米。1958 年，以此楼为主体的红岩革命纪念馆建立并对外开放，先后被国务院公布为第一批"全国重点文物保护单位"，被中宣部命名为"全国爱国主义教育示范基地"。

革命故事

红岩村的"红孩子"

　　大乐天抱小乐天，
　　嘻嘻哈哈乐一天。
　　一天不见小乐天，
　　一天想煞大乐天。

　　这是周恩来即兴创作的一首打油诗，配着一幅照片发表在了红岩村的墙报栏上，诗里隐藏着周恩来和邓颖超夫妇俩关爱红岩村孩子健康快乐成长的故事。

　　诗中的"小乐天"是中共中央南方局干部荣高棠、管平夫妇的大儿子——荣伟民，"大乐天"则是邓颖超。荣伟民只有几个月大时，便随父母来到重庆红岩村八路军办事处生活。他活泼可爱又乖巧，深得同志们喜欢，是大家的开心果，周恩来就管荣伟民叫"小乐天"，管邓颖超叫"大乐天"，称自己为"赛乐天"。有一次，"小乐天"在办事处门口玩耍，刚好碰到邓颖超从城里回来，于是便大声叫着"邓妈妈，邓妈妈"，扑到"邓妈妈"怀里。这一幕正好被路过的工作人员看到，于是便用相机拍下了这个珍贵的镜头。

当年在办事处，像"小乐天"这样的孩子还有很多，他们和父母一起挤住在办事处一幢三层高的筒子楼内。这幢楼房里，除了工作人员，还住着周恩来、董必武、邓颖超等领导同志，房间既是办公室又是宿舍。大家的工作都很紧张，孩子的哭闹却影响工作，有时大人急得没办法就打孩子，又心疼又心烦。

邓颖超看在眼里，急在心里。为解决同志们的后顾之忧，在她的提议下，办事处利用楼外的几间小平房办起了托儿所。由于没有固定经费，孩子们常因缺少玩具而哭闹，这让托儿所的工作人员犯了难。周恩来说："不要着急，我们都有一双勤劳的手嘛，大家可以自己做玩具。"于是周恩来和邓颖超便动员办事处的同志们一起来做玩具。不久，手枪、冲锋枪、大小卡车、毽子等玩具就都有了。

在大家的关爱下，孩子们一天天长大。托儿所的工作人员教他们识字、唱歌、做游戏。托儿所还特别强调对孩子们进行红色教育，给他们讲八路军英勇抗敌的事迹，孩子们的心中从小就扎下了革命的种子。

南方局经济组组长许涤新和方卓芬的儿子许嘉陵由于幼时患上了"脊椎骨结核"，所以只能整天穿着石膏背心躺在床上。病重的许嘉陵每天都需要服用贵重的鱼肝油，这可难住了清贫的许涤新夫妇。许涤新虽是南方局经济组组长，手里掌握着百万经费，可他却从不挪用一分一毫。周恩来了解情况后，一面

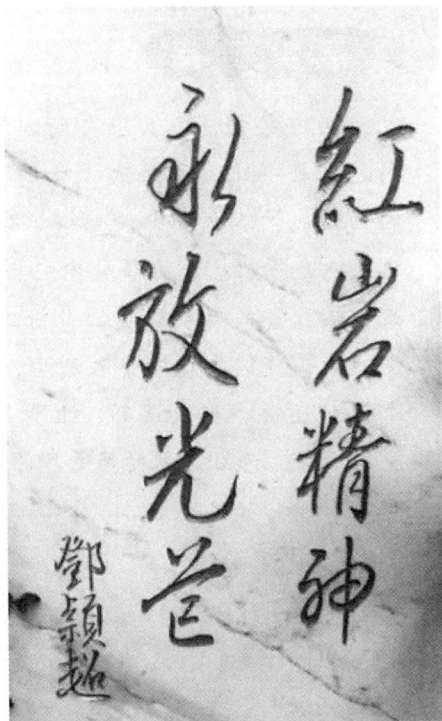

"红岩精神　永放光芒"石刻

红岩村旧照

开导许涤新夫妇不要担心，安心照顾孩子，一面则嘱咐邓颖超把友人赠予的两瓶高浓度鱼肝油送给许嘉陵，这让许涤新夫妇感动不已。

红岩村孩子们健康快乐的童年生活，是周恩来、邓颖超等革命先辈在极其险恶的环境中创造得来的。在此后的岁月中，这些"红孩子"没有辜负革命先辈对他们的期望，逐渐成长为各条战线上的骨干，为新中国的建设做出了重要贡献。

历 史 链 接

　　1939年初，中共中央南方局和八路军驻重庆办事处在重庆成立，周恩来任书记，董必武、叶剑英、秦邦宪、凯丰、吴克坚等为常委。因为国民党不允许中共党组织公开活动，所以南方局秘密地设在公开机关八路军驻重庆办事处内。当时，周恩来等领导同志或以中共代表、或以国民参政会参政员的身份进行活动，与国民党当局谈判，进行统一战线工作。抗日战争胜利后，毛泽东亲赴重庆，在红岩村度过了41个日日夜夜。重庆谈判、上党战役，毛泽东坐镇红岩村，运筹帷幄，决胜千里，为红岩村的历史增添了光辉的一页。

狮脑山

位于山西省阳泉市区西南部，距市中心约 10 千米，主峰海拔约 1160 米。它是阳泉境内城矿两区及石太铁路侧翼的制高点，军事地位十分重要，是抗日战争时期闻名中外的百团大战的主战场之一。1987 年 6 月，阳泉市委、市政府在狮脑山巅修建了百团大战纪念碑和百团大战纪念馆。2005 年 9 月，革命烈士纪念碑、中共第一城纪念墙、革命烈士英雄事迹陈列室新建后，更是极大地提高了狮脑山的人文价值和社会价值。百团大战纪念馆先后被命名为"全国爱国主义教育示范基地""国家国防教育示范基地"。

革命故事

鏖战狮脑山

1940 年夏秋，日寇全面加强对我国的经济封锁、军事进攻和政治诱降，国民党内妥协投降危机空前，抗战困难加剧。同时，日寇推行以"铁路为柱、公路为链、碉堡为锁"的"囚笼政策"，对华北敌后抗日根据地进行分割和"扫荡"，企图摧毁华北各抗日根据地。

在民族危亡之际，为粉碎日寇的"囚笼政策"，争取华北战局更有利地发展，并影响全国抗战局势，避免国民党妥协投降的危险，八路

1940 年，狮脑山大战中八路军战斗场景

军总部决定向华北日寇占领的交通线和据点发动大规模进攻。

1940年8月20日，八路军晋察冀军区第一二九师、第一二〇师等部发动正太铁路破袭战，揭开了百团大战的序幕。

正太铁路沿线有日寇独立混成第四旅团和第八旅团、第九旅团各一部。其中独立混成第四旅团司令部在山西阳泉，此地驻有片山第四旅团部和德江独立步兵第十五大队。阳泉处于正太铁路中段，位置重要，百团大战的首个攻击目标即阳泉至石家庄、阳泉至榆次段及附近铁路、公路等。而狮脑山是阳泉的制高点，北望可见正太铁路，控制了它，就可防止日寇西进增援，保障破击部队的安全。

八路军破袭正太线铁路

一颗颗代表攻击的红色信号弹腾空而起，划破了夜空。各路突击部队如同猛虎下山，扑向敌人的车站和据点，雷鸣般的爆炸声一处接着一处，响彻正太铁路全线。

八路军一二九师三八五旅七六九团和十四团在旅长陈锡联的指挥下，当晚同时行动，在大雨中占领了狮脑山。日寇接到各地求援后发现狮脑山已被占领，便向八路军阵地进攻，很快被八路军击退。下午，日寇绕到狮脑山右侧攻击，仍无果，反倒丢下40多具尸体。第二天早上、下午，日寇又发动两次猛烈进攻，双方展开白刃战，死伤惨重，但日寇仍无功而返。气急败坏的鬼子还动用毒气弹、山炮、20余架飞机，扫射轰炸。但一直战斗到夜里，阵地仍在八路军手中。之后，没有死心的日寇仍出动飞机，集中炮火，对狮脑山狂轰滥炸。八路军工事被毁了，战士们就以弹坑做掩体，双方刺刀相见展开肉搏，鬼子始终没能攻占狮脑山。

八路军总部连续四天发布捷报，向全国介绍狮脑山战况；彭德怀副总司令表扬，"守卫狮脑山的部队英勇顽强"。

按八路军总部原来的计划,参战兵力不少于22个团。可由于对日寇的"囚笼政策"深恶痛绝,八路军官兵参战热情格外高涨。战役发起后第三天,参战兵力就达到 105 个团、20 余万人。在听取战报后,彭德怀大手一挥,说:"就叫百团大战好了!"

这是一场典型的人民战争。阳泉的矿工、周边乡村的民兵和普通百姓倾力准备了大量生活用品、食物和破路工具,用肩挑、人扛、牲口驮的方式,送往前方或支援过往部队。各县民兵和成千上万的群众配合部队,以"不留一个车站,不留一座桥梁,彻底破坏路基"为目标,对铁路、公路及其附属物进行彻底破毁。战斗中,各种运输队、担架队、破交(破坏交通线)团、宣传和救护队、慰问团在阳泉几条主要交通干线上忙个不停。据不完全统计,百团大战中参战军民总人数达到 40 多万人,仅阳泉境内,直接参与战斗的民兵就多达 7000 余人。

娘子关战斗、康家会战斗、涞灵战役……至 1940 年 12 月初,八路军累计毙伤日、伪军 2.5 万余人。百团大战打出了中国共产党和八路军的声威,极大地振奋了全国军民争取抗战胜利的信心,成为在抗日局面比较低沉时期的一剂"强心剂"。

历 史 链 接

百团大战共分为三个阶段,1940 年 8 月 20 日至 9 月 10 日为第一阶段,中心任务是摧毁正太路交通;1940 年 9 月 22 日至 10 月上旬为第二阶段,主要任务是继续破坏日军交通线,并摧毁日军深入抗日根据地的主要据点;1940 年 10 月上旬到 1941 年 1 月 24 日为第三阶段,主要任务是反击日军的报复性"扫荡"。百团大战是全民族抗战以来八路军在华北发动的规模最大、参加兵力最多、持续时间最长的一次带战略性进攻的战役,在我国抗日战争史上写下了光辉的一页。

南泥湾

位于陕西省延安市城东南 45 千米处的一条狭长沟谷，流域面积 365 平方千米，为丘陵沟壑区，是汾川河发源地。1941 年 3 月，八路军一二〇师三五九旅在南泥湾开始军垦，以满足根据地的物资供给，因大生产运动而闻名全国。南泥湾革命旧址环境优美，历史价值高，蕴含民族精神和革命精神。主要景点有南泥湾大生产博物馆、南泥湾大生产展览馆、中央管理局干部休养所旧址、七一八团烈士纪念碑等，是延安旅游名胜景点之一。旧址（归入延安革命根据地）被命名为"全国重点文物保护单位"。

革命
故事

陕北的好江南

1938 年 10 月后，抗日战争进入相持阶段。日寇把抗日根据地作为主要进攻对象，集中主要兵力疯狂地进行"扫荡""蚕食"和"清乡"，实行惨绝人寰的"三光政策"和"囚笼政策"，制造无人区，加上国民党顽固派对陕甘宁边区实行军事包围和经济封锁，企图"困死、饿死"八路军，抗日根据地处在极度困难之中。

"背枪上战场，荷锄到田庄。"为克服经济上的严重困难，1939 年 2 月 2 日，中共中央在延安召开生产动员大会，毛泽东发出"自己动手"的号召，随后展开了一场轰轰烈烈、闻名中外的大生产运动。

根据中共中央关于开展大生产运动的指示精神，朱德赴南泥湾踏勘调查，决定在此屯垦自给。1941 年春，三五九旅 6 个团 11958 人在旅长王震的带领下，分批从绥德警备区开进南泥湾。没有地方睡，战士们就在树林里露营；没有粮食吃，就到山上、河边去挖野菜；没有开荒的工具，就盘起炉灶，从倒塌的古庙中抬来破钟，收集敌人扔下的弹片，打铁制造农具……面对重重困难，三五九旅保持着革命英雄主义和革命乐观主义精神，以自力更生的豪情、艰苦奋斗的韧劲，靠着自己的双手创造了一切。

南泥湾垦荒期间，王震还特意聘请了 71 岁的农民朱玉环做生产教官，并批准他参军，让各部队在生产上接受他的指导。王震专门签发了一份执照，朱玉环高兴地接受了聘请。

"往年的南泥湾，到处呀是荒山……"在如火如荼的开荒热潮中，三五九旅将士用歌声唤醒了沉睡的土地，用汗水浇灌出万亩良田，南泥湾成为大生产运动中一面用汗水和热血铸就的旗帜。到 1944 年底，三五九旅共开荒种地达 26.1 万亩，收获粮食 3.7 万石，养猪 5624 头。除满足自给外，南泥湾还主动向边区政府上缴 1 万石粮食，达到了耕一余一。广大官兵硬是用自己的双手和汗水，将荒无人烟的南泥湾变成了"平川稻谷香，肥鸭遍池塘。到处是庄稼，遍地是牛羊"的陕北江南。

1943 年 2 月，在中共中央西北局高干会议上，毛泽东为王震题词"有创造精神"，并嘉奖了三五九旅全体将士，他们被西北局誉为"发展经济的先锋"。

南泥湾丰收，抗日战争、中国革命度过了非常时期，红色延安走过了寒冬岁月。从那时起，"全心全意为人民服务，自力更生，艰苦奋斗"的南泥湾精神就传扬开来，激励着一代又一代中华儿女战胜困难，夺取胜利。

历史链接

1943 年春节，延安鲁迅艺术学院秧歌队需要编排一组节目，慰问陕甘宁边区"生产模范"第三五九旅的全体官兵。负责人安博找到诗人贺敬之，请他创作一首关于南泥湾的歌曲。19 岁的贺敬之被三五九旅广大官兵开展大生产运动的热情所感动，一气呵成，写出《南泥湾》歌词，并找到鲁艺的同学马可用陕北民歌的调式谱了曲。《南泥湾》很快在广大边区和大后方传唱开来，深深地鼓舞了抗战中的全国军民。1964 年，《南泥湾》入选大型音乐舞蹈史诗《东方红》，更加广为流传，中国人民自力更生、艰苦奋斗的精神也被带到了祖国的四面八方。

狼牙山

位于河北省保定市易县西部的太行山东麓。早在战国时期，"狼山竞秀"就是燕国十景之一。因其奇峰林立，峥嵘险峻，状若狼牙而得名，又因八路军五名勇士浴血抗击日寇，舍身跳崖而出名，被称为"英雄山"。新落成的狼牙山五勇士陈列馆占地 816 平方米，建筑面积 1300 平方米。馆内有历史资料、抗战文物等，生动地再现了抗日军民在党的领导下，抗击日寇、保家卫国的英雄事迹和悲壮历史。现为国家 AAAA 级旅游景区、全国红色旅游经典景区、河北省"爱国主义教育基地"。

革命故事

狼牙山五勇士

1941 年秋，日寇集中兵力，向晋察冀根据地大举进犯。当时，八路军晋察冀军区所属第一军分区第一团第七连奉命在狼牙山一带坚持游击战争。经过一个多月的英勇奋战，七连决定向龙王庙转移，把掩护群众和连队转移的任务交给了六班。

破晓，敌人开始进攻，六班在班长马宝玉的带领下，沉着应战，凭借险要地势，同敌人展开斗智斗勇的决战。他们先在敌人进攻的必经之地埋设大量地雷，等敌人走近雷区后再把地雷拉响，敌人被炸得血肉模糊、鬼哭狼嚎。敌人整理队伍，再次进攻时，六班战士一起射击，手榴弹也接二连三地飞地进敌群，敌人一批批倒下。敌人一时搞不清山上究竟有多少八路军，以为是碰上了主力，便下令炮轰。宋学义、胡德林等 5 名战士在敌人打炮时隐蔽起来，炮火一过，他们又用枪弹、手榴弹袭击敌人。就这样，500 多个日伪军被 5 名八路军战士死死地拖住了后腿。

中午，按计划大部队已转移完毕。马宝玉便大声说："我们任务完成了，撤！"他们刚走不远，面前就出现了一个三岔路口。摆在战士们面前的有两条路：北去，是主力部队和群众转移的方向，他们可以很快归队，可敌人正尾随其后，肯定会追上来，那无疑将前功尽弃，并使主力部队和群众处于危险境地；南走，是东山口，进东山口翻过小横岭，沿着一条曲折的小道直通顶峰——棋盘陀，而棋盘陀作为狼牙山的顶峰，三面绝壁，丝毫没有退路，5名战士很清楚走这一条路意味着什么。

为了拖住并吸引敌人，5名战士交换了坚毅的目光，互相鼓励着，毅然朝南路走去，计划把敌人引向悬崖绝路。他们一面向顶峰攀登，一面依托大树和岩石向敌人射击。山路上又留下了许多具敌人的尸体。当他们退到棋盘陀顶峰时，子弹已经全部打光，他们就举起石块向日伪军砸去。日伪军发现他们已经没有子弹后，蜂拥向山顶冲来，并叫喊："捉活的，捉活的！"

马宝玉、葛振林、宋学义、胡德林、胡福才5名勇士屹立在狼牙山顶峰，眺望着群众和部队主力远去的方向。他们回头望望还在向上爬的敌人，脸上露出胜利的喜悦。班长马宝玉神情庄严地说："同志们，我们都是有骨气的中国人，宁死不投降！为祖国、为人民牺牲是光荣的！"说罢，他把那支从敌人手里夺来的枪砸碎了，然后走到悬崖边上，像每次发起冲锋一样，第一个纵身跳下深谷。其他战士们也昂首挺胸，相继从悬崖上跳了下去。

历史链接

五勇士跳崖后，马宝玉、胡德林、胡福才壮烈殉国，葛振林、宋学义被山腰的树枝挂住，身负重伤，被老乡们救起，幸免于难。马宝玉、胡德林等5名战士的壮举，表现了崇高的爱国主义、革命英雄主义精神和坚贞不屈的民族气节，被人民群众誉为"狼牙山五壮士"。晋察冀军区领导机关授予3名烈士"模范荣誉战士"称号，并追认胡德林、胡福才为中国共产党党员；通令嘉奖葛振林、宋学义，并授予"勇敢顽强"奖章，宋学义光荣地加入中国共产党。2009年，狼牙山五壮士当选"100位为新中国成立做出突出贡献的英雄模范人物"。

黄崖洞

　　位于山西省黎城县黄崖洞镇赤峪村，海拔多在 1500 米—2000 米，地壳相对运动产生的巨大能量，把这里由硬红石英砂岩、页岩层组成的山岳切出道道峡谷，峭壁连绵数十千米，直冲云霄。抗日战争时期，这里曾是华北敌后最大的兵工基地，八路军创建最早、规模最大的兵工厂诞生于此，被誉为"人民军工摇篮"。黄崖洞的主要遗迹有镇倭塔、血花亭、吊桥天险、黄崖洞保卫战烈士墓地、纪念碑、兵工厂车间遗址等。现为"全国重点文物保护单位""全国爱国主义教育示范基地""中国国防科技工业军工文化教育基地""全国红色旅游经典景区""全国中小学研学实践教育基地"，并入选《国家级抗战纪念设施、遗址名录》。

革命故事

反"扫荡"模范战斗

　　1941 年 11 月 10 日，华北日寇首脑冈村宁次纠集"钢铁大队"第三十六师团及独立第四混成旅团一部共 5000 多人，目标直指黄崖洞八路军总部创办的兵工厂。八路军副参谋长左权接到彭德怀的指示，立刻组织当地特务团誓死抵抗。

　　11 日拂晓，鬼子担心有地雷，便从周边村庄中抢夺了 100 多只羊，羊群在前，部队在后，向八路军特务团阵地压了过来。有着丰富对敌作战经验的左权已经预料到鬼子会想办法进行排雷，因此布设的地雷采用了"大踏雷"，对地面承载物有重量要求，羊蹄踩过并不会引爆，只有人和马踩踏才会在第一时间引起爆炸。

　　日寇指挥官见羊群走过八路军阵地时风平浪静，心里窃喜，赶忙催着后面的 300 余个鬼子急速前进。刚走到雷区中间，就引爆了踏雷。随着雷声响起，早就埋伏隐蔽在周边据点的八路军战士架起机枪，开始同步对鬼子扫射。鬼子受到突袭，瞬间乱作一团，赶忙向后方逃窜，一口气跑了四里多地，直到听不到八路军的炮火声。

一个小时后，鬼子的重炮、山炮、迫击炮一齐开火，接着，步兵主力开始进攻。八路军阵地屹立不动，特务团一天内连续打退鬼子 10 余次进攻，杀伤 300 多个鬼子。恼羞成怒的鬼子对八路军阵地投掷毒气弹，左权一边指挥现场营救，一边组织兵力从侧方对敌包抄打击，分散鬼子注意力。八路军占据有利位置，鬼子伤亡严重。

12 日，鬼子转攻桃花寨阵地，守卫阵地的四连官兵奋起迎敌，激战至 14 日上午，因众寡悬殊，主阵地失守。下午，鬼子两次进攻水腰口，坚守水腰口的八连顽强战斗，连续打退鬼子 7 次冲锋。在鬼子不断的突进过程中，双方距离越来越近，最后展开了白刃厮杀，互有伤亡，战斗十分激烈。

而此时，彭德怀审时度势，经过充分的分析判断，得出鬼子无非是想"参观"一下兵工厂的结论，果断决定采取诱敌深入的战术，转移人员、机器，

黄崖洞兵工厂部分房屋

烧毁主厂房，迷惑敌人，并在炸毁的锅炉房周围布设地雷，做好标记，给敌人以兵工厂已被其炮弹炸毁的假象，并将鬼子占领的水窖洞口主阵地全部用地雷封锁起来，布下埋伏，所有人员撤到二线进行防御，进至工厂区，依托有利阵地扩大战果。

18日清晨，团长欧志富故意露了一个破绽，鬼子果然中计，进入黄崖洞兵工厂。他们只看到十几座厂房倒塌在一片碎石瓦砾之中，其他一无所获，反而引爆了埋在里面的各种地雷。鬼子此时斗志全无，只能等待援军到来。鬼子援军到达后，又企图捣毁团指挥所，坚守在该高地的二连一排与鬼子进行殊死搏斗，但因寡不敌众，退出阵地。19日，八路军特务团抓住战机，全部恢复阵地。鬼子发现山外有八路军重兵埋伏，慌忙逃走，最终被埋伏在三十亩、曹庄一带的一二九师歼灭500多人，其余抱头鼠窜。日寇被迫于20日夜退出黎城，其原定一个月的"扫荡"计划就此被粉碎。

这次战斗中，八路军以不足1500人的兵力，抗击了5000个多装备精良的日寇，鏖战8昼夜，共歼灭1000余个鬼子，己方仅伤亡166人，敌我伤亡比例为6：1。该战斗创造了以少胜多的模范战例，开创了中日战况上敌我伤亡对比未有之纪录，被中央军委评价为"1941年以来反'扫荡'的一次最成功的模范战斗"。

历 史 链 接

　　1938年底，抗日战争进入战略相持阶段，八路军作为北方的主力敌后抗日部队，武器却一直很匮乏。1939年5月，在朱德总司令的指示下，八路军军工部在隐蔽的黄崖洞地区建立了八路军当时最大的兵工厂，生产的武器弹药最多可装备16个团，成为中国共产党重要的军工基地。1941年夏天，日寇已经基本掌握了黄崖洞兵工厂的大致信息。在偶然获得黄崖洞生产的武器后，日寇发现这些武器的精良程度丝毫不输自己现在装备的武器，因此陷入恐慌。华北日寇首脑冈村宁次遂把黄崖洞兵工厂视为心腹之患。

大青山

位于山东省临沂市蒙山主峰东麓，因树木繁茂、四季常青而得名。大青山山势险要，从抗日战争开始，八路军沂蒙根据地的中心区就在这里。大青山突围战是山东抗战史上一次极为惨烈的战斗，为了纪念这次战斗及战斗中牺牲的烈士，1944 年，费东县抗日民主政府在东梭庄建立了大青山革命烈士陵园。2011 年 8 月，费县在薛庄镇驻地北 11 千米处，建成大青山胜利突围纪念馆。2021 年 6 月，纪念馆被中宣部命名为"全国爱国主义教育示范基地"。

革命故事

大青山突围战

1941 年 11 月，日寇调动 5.3 万余兵力，侵华日军总司令畑俊六坐镇临沂督战，分 11 路向沂蒙山抗日根据地大举进攻，发动"铁壁合围大扫荡"。所到之处实行惨绝人寰的杀光、烧光、抢光"三光"政策。根据地军民在各级党组织的领导下，团结一致，同仇敌忾，对来犯之敌进行了坚决反击。

29 日，中国人民抗日军政大学一分校及中共山东分局、省战工会、八路军一一五师、省级各群众团体等机关近 6000 人，由于不明敌情，误入敌"清剿"包围圈内。30 日凌晨，敌人以 5000 多兵力的一个混成旅团，向转移到大青山地区的根据地军民发起攻击。陷入敌包围圈的大都是非战斗人员，配有武装的分队只有山东分局一个警卫连和抗大一分校的第五大队（军事大队），共 300 多人，且武器数量少，形势非常严峻。

危急关头，在抗大一分校校长周纯全的指挥下，300 名勇士首先抢占制高点，以阻击敌人，掩护领导机关和非武装人员突围。当部队冲到谷地沙滩时，敌人集中火力向突围部队猛烈射击。人群跟着警卫连潮水般涌动，大青山下硝烟弥漫，枪炮声、手榴弹爆炸声响成一片，突围队伍中，一部分人倒了下来。

担任掩护任务的分队奋不顾身，英勇杀敌，激战竟日，坚守阵地，打退了敌人的多次进攻。阵地前，敌尸成堆，血迹遍地。二中队指导员程克带领的队伍只剩下10多人，敌人从四面八方围上来。这时，程克一跃而起，抱住一个日本兵，一口咬下他的耳朵。战士们也像程克一样抱住敌人扭打起来，与敌人同归于尽。

敌人火力越来越猛，突围战场成了一片火海。二中队队长邱则民带领的一部分战士凭借有利地形，多次打退敌人的冲锋，终因敌众我寡陷入敌人重围。邱则民宁死不当俘虏，他砸毁机枪，跳下山崖，壮烈牺牲。

在300名勇士拼死掩护下，被围军民杀出一条血路，进入蒙山深处。突围中，山东省战工会副主任兼秘书长陈明与妻子辛锐、国际友人汉斯·希伯、一一五师敌军工作部部长王立人、抗大一分校二大队政委刘惠东等300多人壮烈牺牲，中共中央山东分局组织部部长李林、省战工会副主任李澄之等500多人负伤。

在这场敌我悬殊的战斗中，300名勇士用生命换来了几千人的胜利突围，粉碎了日寇合围、"清剿"的阴谋，保卫了山东党政军领导机关，保存了山东的革命骨干力量。国务院原副总理谷牧称："北有平型关，南有大青山。"

历史链接

沂蒙是全国著名的革命老区，在抗日战争和解放战争时期被誉为山东的"小延安"。当时根据地420万人，有21.4万人参军参战，120万人拥军支前，有10.5万名革命烈士献出了宝贵生命，涌现出了用乳汁救助伤员的"红嫂"明德英、为革命做出重大贡献的"沂蒙母亲"王换于、把青春奉献在支前第一线的"沂蒙六姐妹"等一大批英模人物和先进群体。"最后一碗米用来做军粮，最后一块布用来做军装，最后一件老棉袄盖在担架上，最后一个儿郎送他上战场"生动诠释了沂蒙人民的无私奉献精神。

八路军一一五师司令部旧址

位于山东省莒南县大店镇，原是大店庄氏家族的群团式地主庄园。当抗日烽火燃遍沂蒙大地时，庄氏族人看到八路军真心抗日，纷纷将自己的宅院（堂号）献给八路军一一五师和山东党政军机关长期使用。景区由保存完好的明清古建筑群组成，主要有中国共产党山东省政府旧址、八路军一一五师司令部旧址、山东抗日根据地纪念馆、沂蒙红嫂事迹陈列馆等景点。景区现有馆藏文物700余件，珍贵图片资料1600余张，是"全国重点文物保护单位""全国爱国主义教育示范基地"、国家AAAA级旅游景区，有"沂蒙红色圣地、华夏第一庄园"美誉。

革命故事

一个村庄的抗战

抗日战争时期，山东省莒南渊子崖村处在敌我交错的拉锯地区，日伪军经常来这一带"扫荡"，当地百姓度日如年，提心吊胆地过日子。

1940年底，渊子崖村建立了秘密党支部和共产党领导下的第一个民主选举出来的村级政权。由于有了党组织，村里的群众工作开展得轰轰烈烈。1941年5月，山东省战工会组织八路军一一五师战士剧社等八大剧团在渊子崖村举行了长达10天的联合会演。中共山东分局书记朱瑞和一一五师政治部主任萧华也到这里同群众见了面、讲了话，村民受到很大教育。随后，群众的抗日热情更加高涨，许多男女青年参加了八路军。村里在抗日自卫队的基础上，又成立了9个民兵队，平时轮流值夜岗，战时分头把守各段围墙。敌人恨透了渊子崖，多次前来夜袭，都被民兵队打跑。

1941年12月20日凌晨，到沂蒙山区进行"铁壁合围"的1000多名日伪军包围了渊子崖村。全村 312 名自卫队队员和老幼妇孺惊闻被日伪军包围的消息后，在村长林凡义的带领下同仇敌忾，利用村子的围墙，拿起土枪、土炮、铁锨、铡刀，英勇抗击敌人的进攻。

日本鬼子先是用密集的炮弹轰炸围墙和村庄，轻重机枪的子弹像雨点一样射向围墙，硝烟炮火迅速在村子周围升起。村里浓烟滚滚，被炮弹击中的房屋顿时成为一堆瓦砾。敌人在外炮击，村民们用土炮从围墙炮眼里向敌人还击。激战持续了一上午，装备精良的日本鬼子仍然没能攻破围墙。午后，气急败坏的敌人再一次发动强攻，刚垒起的东北围墙缺口又被敌人的炮火摧毁，凶狠的日本鬼子号叫着向缺口处扑来。

鬼子进村了，村民们用笊钩、铁锨、菜刀、锄头同敌人展开了惨烈的巷战、肉搏战，村子里到处都是惨叫声、怒骂声、砍杀声……有的夫妻双双在院子里同鬼子拼杀，有的父子在巷口阻击敌人，有的母女合力同鬼子厮打在一起。八路军闻讯赶来增援，敌人撤出了村子。此战以牺牲 147 人的代价歼灭日伪军 100 余人。

渊子崖保卫战后，延安《解放日报》专门发表社论，毛泽东高度评价该村是"村自卫战的典范"，渊子崖村被誉为"中华抗日第一村"。

历史链接

　　八路军第一一五师全称国民革命军第八路军第一一五师，是抗日战争时期中国共产党领导的三个主力师之一。1938 年 9 月至 11 月，在中共六届六中全会上，毛泽东做出了"派兵去山东"的指示。1939 年 3 月，八路军第一一五师在代师长陈光、政委罗荣桓的率领下，挺进山东；6 月，进驻沂蒙山区，创建山东抗日根据地，使山东成为全国抗战的主战场之一。1943 年，一一五师与由山东纵队改称的山东军区合并为新的山东军区，保留师番号，罗荣桓任代师长兼政委，黎玉任副政委，萧华任政治部主任，下辖鲁南、鲁中、胶东、清河、冀鲁边和滨海军区。一一五师在山东守重坊、战胡集、攻郯城、夺海陵……取得了反"扫荡"、反"封锁"、反"蚕食"的一次又一次胜利。

枣 园

位于陕西省延安市城区西北 8 千米处，原是一家地主的庄园。中共中央进驻延安后，为中央社会部驻地，遂改名为"延园"。1940 年秋，因修建中央大礼堂，毛泽东由杨家岭迁驻此地，1942 年又搬回杨家岭。1943 年至 1947 年 3 月，中共中央书记处从杨家岭迁驻此地办公、居住，社会部搬至后沟。枣园现保存有毛泽东、刘少奇、周恩来、朱德、张闻天、彭德怀等人旧居和书记处小礼堂，先后被评为"全国重点文物保护单位""全国爱国主义教育示范基地"。

革命故事

枣园鱼水奏鸣曲

1943 年正月十四，毛泽东在枣园外散步，看到几位老乡正在聊天，得知枣园乡一共有 24 个他们这么大年纪的人，其中两人的生日是正月十五，便决定给他们贺寿。

正月十五下午，毛泽东把枣园乡的 24 位老人请到枣园小礼堂机关小餐厅，为他们祝寿。毛泽东给老人敬酒，祝贺他们"延年益寿，老当益壮"，并送给他们每人一条毛巾、一块肥皂作为贺寿礼品，还专门为他们放映了电影《列宁在十月》。老人们感动地说："从来没见过这样的事，在旧社会官府要粮草，又打又骂，谁拿咱们当人看，现在共产党对咱这样关心，回去一定要搞好生产，多缴公粮，支援前线。"

这是毛泽东带头开展"拥政爱民""拥军优属"的一个小故事。"双拥"运动的锣鼓最早在延安敲响，延安军民共同演奏了一首"鱼水奏鸣曲"。

陕甘宁边区是抗日战略总后方，处于相对和平稳定的环境。一段时间里，由于部分驻延安部队中的思想政治工作有所放松，不尊重地方政府和侵犯群众利益的事时有发生。地方上，有的干部和群众把军队的利益和人民的利益对立起来。这些问题的出现，虽说只是个别或局部现象，但确实影响到了军民之间的团结。毛泽东了解情况后，决定先从整顿军队纪律、加强思想政治教育工作抓起。他把部队相关人员请来谈话，鼓励同志们把闷在肚子里的怨气、意见统统讲出来。等大家把心里的话都讲完之后，毛泽东沉思片刻，说："自古只有军管民，没有民管军。今天，咱边区的老百姓敢批评军队，这充分说明我们边区的民主政治深入到广大人民群众中去了，在他们眼里，你们是子弟兵呀！"经这样一点明，大家不禁茅塞顿开，来时满肚子的委屈怨气，顿时烟消云散了。

接着，毛泽东又见了边区政府的负责同志，指出军队在保卫边区政权、维护人民安定生活中的重要性，要他们关注军队的困难、需求，加强拥护军队、优待抗属的工作。1943年1月，边区政府首先做出了《拥护军队的决定》，并把正月十五到二月十五定为"拥军月"。接着，留守兵团也做出了我军历史上第一个《关于拥护政府爱护人民的决定》，把农历正月定为"拥政爱民月"。

1943年10月1日，毛泽东在枣园起草了一份党内指示《开展根据地的减租、生产和拥政爱民运动》，总结了边区政府开展"双拥"工作以来的经验，要求"于明年阴历正月普遍地、无例外地举行一次拥政爱民和拥军优抗的广大规模的群众运动"。还把"双拥"工作作为渡过抗日难关的十大政策之一，在全党贯彻执行。

《解放日报》刊登的关于拥护军队的决定

自此，以延安为中心的"双拥"运动在陕甘宁边区和敌后抗日根据地蓬勃开展起来。"军爱民，民拥军，军民团结一家亲"的场面随处可见。

随后，党中央把延安和陕甘宁边区开创的"双拥"运动及其所取得的成功经验，迅速地向全国的抗日根据地做了推广和普及，从根本上改善了军政、军民关系，使军政、军民团结得到空前的巩固和加强，形成了万众一心战胜一切困难的巨大力量。

历 史 链 接

1944年9月8日，中央直属机关和中央警卫团千余人在延安凤凰山脚下枣园沟口的操场上为张思德举行了庄严而肃穆的追悼会。张思德于1933年参加革命，任劳任怨。1944年9月5日，他在陕北山中烧炭，炭窑崩塌，因奋力将战友推出窑外，自己被埋而牺牲，年仅29岁。在张思德同志的追悼大会上，毛泽东沉痛而坚定地发表讲话："为人民利益而死，就比泰山还重；替法西斯卖力，替剥削人民和压迫人民的人去死，就比鸿毛还轻。张思德同志是为人民利益而死的，他的死是比泰山还要重的。"这篇讲话经整理后收入《毛泽东选集》，题为《为人民服务》。

义和炭场

位于抗战时期山东省枣庄市火车站西边的小陈庄。如今的义和炭场遗址已成为高楼林立的居民区，枣庄市在薛城区建设了铁道游击队纪念园，园内专门设立了义和炭场景点。1938 年 10 月 5 日，刘洪、王强（王志胜）奉鲁南人民抗日义勇总队司令员张光中之命，离队潜回枣庄，在火车站西边的小陈庄建立了义和炭场情报站，任务是搜集敌人的情报，秘密发展抗日武装，夺取武器，支援部队。铁道游击队纪念园是第三批"全国爱国主义教育示范基地"，并入选《第一批国家级抗战纪念设施、遗址名录》。

革命故事

沙沟受降记

铁道游击队副大队长王强（王志胜）

1945 年 8 月 15 日，日寇宣布无条件投降；9 月 2 日，日本政府签订投降书，抗日战争胜利结束。当时山东的日寇尚未投降，伪军希望国民党收编，拒不向共产党部队缴械投降。

铁道大队根据中共山东分局"争取先机，积极控制交通要道，占领城市，迫敌向我缴械投降"的指示，立即行动起来。9 月，郑惕率短枪队到徐州侦察，为接管该城做准备。他们护送陈毅由延安返回山东，越过津浦线。10 月，新四军北移山东，第十九旅先期到达鲁南。铁道大队积极配合解放沙沟镇,俘虏伪军副团长以下400余人,缴获机枪20余挺、步枪230余支。

解放沙沟镇时,驻在沙沟火车站、姬庄的日寇联队和铁甲列车大队等不敢轻举妄动。铁道大队几次派人与他们谈判,令其缴械投降,但日寇一直拒降。11月30日,刘金山和郑惕派张书太向日寇送去"最后通牒",迫使日寇答应谈判。谈判的地点设在姬庄,铁道游击队谈判代表为郑惕、长枪中队指导员李德富,以及会讲日语的黄友贤、反战同盟盟员田村申树。

谈判开始,我方首席代表郑惕首先宣布谈判宗旨,然后由田村申树用日语宣读第十八集团军朱德总司令命令冈村宁次要立即向八路军、新四军就地放下武器,缴械投降的文件。日寇代表小林则表示:"我们联队长官的意愿是不能把武器交给贵军,因为贵军不代表中国政府,无法保证送我们回国。"郑惕义正词严地驳斥了日寇的荒谬论调,警告说:"你们必须把全部武器交给我铁道大队,否则,休想前进一步。"此时,王志胜和中队长徐广田在郭家洼率领部队已做好战斗准备,以防不测。

见我方代表态度非常坚决,小林又提出一个讨价还价的方案:只把全部重武器和轻武器的一部分交出。郑惕一一批驳了小林的无理要求。谈判相持了几个小时,第一次谈判未取得实质性效果。

当日下午,谈判仍在原地进行。这次日寇联队长太田也出席,围绕着日寇是否全部缴械,双方又争执了很长时间。午后4时左右,张光中司令员带领10多名随从人员骑马赶到姬庄,会见了双方谈判代表。

张光中对日寇代

1945年,鲁南铁道大队在枣庄沙沟接受日军投降

表严厉指出："中国军队谈判的目的非常明确，那就是你们必须把全部武器无条件地交给与你们在这里打了六年仗的铁道大队。因为我们胜利了，你们失败了，并且你们的政府已宣布无条件投降。如果你们仍然执迷不悟，中国军队将用武力解决。"张光中还告诉太田，郑惕是他的全权代表，具体事宜可与郑惕谈。当回到谈判桌时，太田的态度立即软了下来，他表示，愿意把全部武器交出，具体事项第二天可以再议。

第二天，军区派出警卫营的两个连来到姬庄附近，为最后的谈判和举行受降仪式助威。最后的谈判开始，太田又想出新花招，说为了自卫，士兵应当留下刺刀，军官留下指挥刀作为防身之用。我方代表明确指出，必须交出所有军械，中国军队保证他们安全。几经谈判后，被围困在沙沟的日寇黔驴技穷，被迫答应全部缴械投降。

午后，在沙沟火车站西北部的一片开阔地里举行受降仪式，日寇数百人排成方队，依次将武器送到我方指定地点。此次受降，铁道大队接收了大批枪支弹药。受降仪式结束后，日寇由铁道大队押送至韩庄，然后从徐州回国。据史料记载，沙沟受降为日寇向地方游击队缴械投降，在国内抗战史上罕见。

历 史 链 接

　　铁道游击队是抗日战争时期活跃在鲁南地区的一支抗日武装。1943年正式成立时称"鲁南军区铁道大队"，别称"飞虎队"，受八路军苏鲁支队领导，人员最多时达300余人。该队以临城（今枣庄市薛城区）为中心，主要围绕临枣铁路沿线与日本侵略者展开斗争，袭击日寇押款列车，缴获军用物资，破坏日寇的通信和交通设施，护送我军干部穿越铁路往返延安。1945年12月底，铁道大队奉命接受整编，除保留两个连队归属鲁南铁路工委领导外，其余百余人编入华东野战军鲁南军区特务团。

莒国古城

位于山东省莒县城阳中路163号，占地面积64万平方米，建筑面积37.3万平方米。莒城在春秋时期为莒国故都，"毋忘在莒"的典故就发生在这里。抗日战争时期的莒城保卫战和莒城战役打得异常惨烈。1946年1月，新四军军长陈毅在莒县接见了国民党新编第六军总司令郝鹏举，对其进行劝导，后郝鹏举率部起义。莒城被评为"山东省重点文物保护单位"。

革命故事

陈毅怒斥郝鹏举

> 教尔作人不作人，
> 教尔不苟竟狗苟。
> 而今俯首尔就擒，
> 仍自教尔分人狗。

这是1947年2月13日，陈毅为怒斥郝鹏举背叛人民的罪行而作的一首诗《示郝鹏举》。这首诗写得犀利辛辣，曾在解放区广为流传，人民群众和战士们读完无不拍手称快。

郝鹏举在抗日战争期间曾任伪淮海省省长兼省保安司令。抗日战争胜利后，郝部被国民党收编为新编第六路军，郝鹏举任总司令，被派往沛县一带。1946年1月9日，在共产党的政治争取和山东军区第八师及新四军第二纵队的军事压力下，郝鹏举在台儿庄、枣庄率部起义，下辖四个师和一个特务团，共计2.5万人。

郝鹏举起义后，拜见了陈毅，请求派人到他的部队进行改造。陈毅当即

莒国古城拱辰门

答应了他的请求，并嘉勉他弃暗投明反内战的义举是勇敢的正义行动。新四军进驻莒县后，郝鹏举的部队开赴莒县整编。为教育改造这支部队，促使其迅速向革命方向转化，陈毅又指示滨海区党委要引导莒县干部、群众协助上级做好该项工作。当地群众腾房铺草，打扫庭院，送水送粮，欢迎部队进村。

1月27日，山东党政军机关设宴欢迎郝鹏举。陈毅在莒县数次与郝鹏举进行面谈，并与郝鹏举一起游览莒县风景胜地浮来山，历数古往今来的盛衰兴亡，以古喻今，晓以大义，指明出路，希望郝鹏举能接受新四军建军经验，将其旧军队改造成为真正的人民武装。为加速这支部队的改造，华东局、山东军区先后派进三批干部，并由新四军联络部部长、新四军兼山东军区秘书长朱克靖为郝部常驻代表，任民主联军政委，帮助他们解决问题，以模范行动影响教育他们。

郝鹏举起义之后，蒋介石大为恼火，亲笔给郝鹏举写了劝降书，并开出优厚条件对其拉拢。国民党特务伦少明悄悄潜回莒县郝鹏举部驻地，亲手把劝降书递交给郝鹏举。此时，国民党军队向苏北、鲁南解放区疯狂进攻，并占领了多处城镇据点，郝鹏举以为共产党大势已去，便撕下了最后的伪装，决定再次投靠国民党。

1947年1月26日，郝鹏举以纪念起义一周年的名义将部队及其大部分军官家眷转移，第二天率部叛变。临走时，郝部对徐扳庄一带大肆抢掠，将朱克靖等多名共产党干部押送南京，作为投靠蒋介石的投名状。朱克靖被敌人监禁后，坚贞不屈，被害时52岁。郝部被国民党改编为第四十二集团军，郝鹏举被委任为总司令兼鲁南"绥靖区"司令官，分驻在白塔埠、驼峰镇等地，充当国民党军鲁南会战的马前卒。

莒县县委得知郝鹏举叛变的情况后，立即调动县大队、区中队布防，以防不测，并发出紧急通告：郝部的叛变，暴露了其反动本质，但改变不了蒋介石反动派必然灭亡的命运，对被挟持去郝部的人员，让其家属设法叫回，以瓦解其内部。2月6日，华东野战军第二纵队在司令员兼政委韦国清的指挥下，发起进攻郝部战役。战斗仅用一天一夜就结束了，我军歼灭郝部两个师及一个军部共6000余人，生擒郝鹏举。

郝鹏举被擒后，再三哀求见陈毅。陈毅看到叛徒的嘴脸后，怒火中烧，怒斥道："你率部叛变的时候，为何还把我留在你部队的联络员抓去？你完全是可以让他们走的，我看你是预谋很久了吧！"陈毅有理有节地怒斥郝鹏举背叛人民的罪行，以及反复无常、背信弃义的行为，使得郝鹏举无地自容。此后，郝鹏举企图在被押送途中逃跑，被华东军区政治部秘书长、鲁南区党委城工部部长王少庸和战士们击毙，落了个叛徒罪有应得的下场。

历 史 链 接

　　莒县是沂蒙革命老区的重要组成部分，人民群众觉醒较早。中华人民共和国成立前，莒县老党员曾多达13 341人，截至2021年10月，仍有271名老党员健在。从2013年开始，莒县对这一红色群落进行了深入挖掘，总结出了"一心向党、公心为民、用心实干、清心律己、热心传承"的老党员本色，并于2014年3月11日在莒县招贤镇驻地建起了"本色——老党员红色群落展览馆"。展览馆占地面积4万平方米，建筑面积2400平方米，隶属于莒国古城管理服务中心。2015年12月，被中组部党员教育中心评为全国首批76个党性教育基地网上展馆，成为"山东省党史教育基地"。截至2022年1月，展览馆共免费接待省内外参观团体3500批次、32万余人。

莱芜战役指挥所旧址

　　位于山东省济南市钢城区辛庄镇石湾子村，地处山脚下，比较隐蔽，不易被飞机发现，是理想的指挥部。旧址是 1917 年修建的四合院建筑，占地南北长 25 米，宽 18 米，现有瓦房 12 间，其中北房 5 间、西房和南房各 3 间、东南大门 1 间，房脊、梢饰有陶兽。原有东屋，后被拆掉。1947 年 2 月 20 日至 23 日，陈毅、粟裕、谭震林等老一辈革命家在这里指挥了著名的莱芜战役。旧址于 2005 年被评为省级"爱国主义教育基地"；2013 年被国务院公布为第七批"全国重点文物保护单位"。

革命故事

经典的莱芜战役

　　1947 年 1 月，蒋介石集中国民党精锐部队 31 万余人，分南北两线大举进攻山东解放区。

　　当时，敌军南线欧震集团以 8 个整编师北犯临沂，北线李仙洲集团 3 个军由胶济线南下莱芜、新泰策应，企图同华东野战军决战于沂蒙山区。华东野战军在陈毅、粟裕等的领导下，决定避开南线敌人主力之锋芒，主动放弃临沂，主力 7 个纵队星夜隐蔽北进，以求歼灭北线之敌；同时以 2 个纵队伪装主力，在临沂附近阻击南线之敌，造成与敌决战和渡运河西进的假象。于是，受骗之敌人一面集中大部兵力，谨慎地向临沂推进；一面督令北线的军队迅速南下，深入鲁中。

　　20 日拂晓前，我第八纵队、第九纵队及鲁中警备第五团进至和庄、埠东村两侧地区，进行了伏击战前的周密准备。下午 1 时许，敌第七十七师提前进入预伏地区。鲁中警备第五团向青石关出击，断敌退路；第八、第九纵队发起迅猛攻击，将敌分割包围，于 21 日拂晓全歼该敌。从博山南下援救第七十七师之敌特务旅进至青石关时，亦被我军击溃、歼其一部。

我军在攻歼敌第七十七师的同时，主力亦于 20 日晚全线发起攻击。第一纵队经彻夜战斗，攻占了莱芜城西、北郊各要点；第十纵队占领了锦阳关，歼灭附近各据点大部之敌，切断了敌向明水北撤逃路，阻敌南下支援。22 日上午，敌第四十六军退入莱芜城与第七十三军会合。猬集莱芜城内之敌，在重重包围下，十分惊恐。王耀武顾虑李仙洲孤立无援，如遭歼灭，将使济南和胶济线受极大威胁，因此令李仙洲率部向北突围。

23 日 12 时，敌进入我预伏阵地，四纵、七纵各一部迅速抢占莱芜和矿山，断敌退路。13 时，部队向突围之敌发起猛烈攻击。敌前进无门，后退无路，人马车辆拥挤成一团，就地慌乱顽抗。部队乘敌混乱之机，多路猛插敌阵，迅速粉碎了敌人的抵抗。激战至 17 时许，除第七十三军军长韩浚率 1000 余人从我阵地空隙窜入吐丝口镇外，其余全部被歼，李仙洲负伤被俘。韩浚窜入吐丝口镇后，于 21 时会同该镇残敌共 5000 余人向博山方向逃窜，逃至青石关、和庄地区，被九纵全歼，韩浚亦被俘。

莱芜战役共歼灭敌 7 个师、5.6 万余人，收复城市 13 座，控制铁路 200 余千米，使鲁中、渤海、胶东 3 个解放区连成一片。

历 史 链 接

莱芜战役中，不到 3 天时间，华东野战军以伤亡 8000 余人的代价，歼灭了国民党军 1 个"绥靖区"指挥所、2 个军部、7 个师共 5.6 万余人。其中俘敌中将 2 人、少将 7 人；缴获各种火炮 414 门、轻重机枪 1869 挺、长短枪支 15 700 支、枪炮弹 30 多万发、汽车 56 辆，以及大批军用物资。这一战役俘敌数量之多、歼敌速度之快，创造了解放战争开始以来的最高纪录。莱芜战役是中国人民解放军作战史上运动战的光辉范例，是世界军事史上 100 个经典战例之一，电影《南征北战》《红日》都是以莱芜战役为原型拍摄的。

孟良崮

位于山东省临沂市蒙阴县垛庄镇境内，属蒙山山系，主峰海拔575.2米，面积1.5平方千米。相传宋朝杨家军将领孟良曾屯兵于此，故得名。1947年5月，华东野战军在陈毅、粟裕的指挥下，于孟良崮一举歼灭了国民党精锐部队整编第七十四师及援军一部，共32000余人。主要景点有孟良崮国家级森林公园、孟良崮战役纪念碑和孟良崮战役纪念馆。孟良崮旅游区入选《全国红色旅游经典景区名录》，是"全国爱国主义教育示范基地"、国家AAAA级旅游景区、中国红色旅游十大景区、沂蒙红色旅游品牌示范区。

革命故事

孟良崮战役

在孟良崮战役纪念馆举行主题队日活动

"孟良崮上鬼神号，七十四师无地逃。信号飞飞星乱眼，照明处处火如潮。刀丛扑去争山顶，血雨飘来湿战袍。喜见贼师精锐尽，我军个个是英豪……"陈毅的诗作《孟良崮大捷》充满了胜利的喜悦，生动反映了1947年5月我军全歼国民党军整编第七十四师的历史场景。

　　1947 年初，山东是国民党军的重点进攻地区，敌人用于山东战场的兵力达 45 万余人。面对国民党军的进攻，华东野战军在陈毅、粟裕的指挥下，充分利用在解放区腹地作战的有利条件，时南时北，或东或西，有进有退，既打又撤，用高度机动回旋的方法来调动和迷惑敌人。

　　经过一个多月的机动作战，敌人误以为解放军"攻势疲惫"，便盲目追击。他们以整编第七十四师为主要突击力量，矛头直指华东野战军前线指挥部所在地坦埠。解放军很快发现敌七十四师位置稍显突出，而且与左右邻军空隙较大，果断决定抓住这一稍纵即逝的战机，大胆进行穿插分割，将其从敌人的重兵集团中"挖"出来，进而集中优势兵力围歼该敌。

　　国民党军整编第七十四师下辖 3 个旅，共 3 万多人，由张灵甫任师长，全部美械装备，曾先后抢占我淮阴和涟水，气焰极为嚣张。华东野战军决定于 5 月 13 日晚以四纵、九纵从正面发起攻击，一纵、八纵从两侧迂回穿插，六纵兼程北上断敌后路，二纵、三纵、七纵和十纵分别阻击敌援军，在孟良崮地区形成了对七十四师的四面合围。

孟良崮战役中，我军向孟良崮进军

　　张灵甫部署第五十八旅防守中心区域雕窝、芦山、孟良崮；五十一旅防守西北方向的 540、520、285 等高地；五十七旅防守北面的石旺崖、大碾等地。敌人用石头堆起围墙，在山路上设置了鹿砦等障碍物，固守待援。国民党军企图以七十四师为"磨心"吸引我军主力，从外围调集 10 个整编师（军）的强大兵力对我军进行反包围，以求得决战的胜利。

5月14日夜，解放军5个纵队在强大炮火的掩护下，像潮水般涌向七十四师盘踞的山头。战士们前仆后继、灵活机动、主动协同，不间断地向敌人发起猛攻。敌人竭力顽抗，解放军发扬英勇顽强的战斗作风，与敌人展开肉搏，短兵相接、刺刀见红。

在我军猛烈攻击下，七十四师固守待援无望，于15日下午倾全力组织3次突围，均未得逞，被压缩在520高地至大崮顶、雕窝一线的狭窄山地中。我军不惜一切代价攻下孟良崮后，发现歼敌数字与七十四师编制数相差较大，经仔细搜索，发现有7000余残敌隐藏在孟良崮、雕窝之间的山谷中，当即将其包围全歼，至17时战斗全部结束。孟良崮战役大获全胜，国民党"王牌军"整编第七十四师全军覆灭，师长张灵甫被击毙。在孟良崮战役中，我军共毙伤、俘虏敌3万余人，"砍掉了敌人一支最强的骨干力量"。

历史链接

在国民党军发动重点进攻时，沂蒙人民给予解放军毫无保留的支持。家家户户实行坚壁清野，使敌人得不到一点粮食给养的补充，地方人民武装还到处袭扰敌人。当我军机动作战时，群众纷纷返回家园，烧水做饭，送信带路，倾尽全力支援子弟兵作战。在孟良崮战役期间，沂蒙人民共出动临时民工69万人，二线常备民工15.4万人，随军常备民工7.6万多人，总数达到92万多人。仅蒙阴县支前民工就达10万人以上，而当时蒙阴县总人口只有20万，支前民工的数量占到全县总人口的一半以上。

刘邓大军强渡黄河旧址

　　位于山东省阳谷县城南11千米的寿张镇沙河崖村，是一座坐西朝东、两进两出的四合院，整个院落分前后两院，房屋建筑典雅壮观，结构严谨，颇具鲁西民间建筑风貌。1947年6月30日，刘伯承、邓小平指挥解放军4个纵队12余万人，在东起位山、西至临濮集的150千米长的地段强渡黄河时，将渡河指挥部设在这里。1996年秋，在此修建刘邓大军强渡黄河指挥部纪念馆，迟浩田题写馆名。1997年，指挥部旧址被命名为"山东省国防教育基地"；2005年，被山东省委宣传部、省社会科学联合会命名为"爱国主义教育基地""社会科学普及教育基地"。

革命故事

千里挺进大别山

　　1947年3月，国民党对解放区的全面进攻彻底失败后，开始对山东、陕北解放区实施重点进攻。针对敌我双方战略态势，党中央制定了刘（伯承）邓（小平）、陈（毅）粟（裕）、陈（赓）谢（富治）三军配合，中央突破，山东和陕北两翼钳制的战略方针，决定人民解放军由内线作战

刘邓大军千里跃进大别山

转为外线作战，由战略防御转为战略进攻，将战争引向敌战略上敏感、薄弱的中原地区。

1947年夏，刘邓大军在陇海路一线连续作战，战士们十分疲劳，亟须休整。这时，他们突然收到毛泽东发来的"3A"急电："陕北情况甚为困难！"提醒刘邓大军在两个月内挺进大别山，以牵制敌人，减轻陕北压力。刘伯承、邓小平看完电报，马上复电："半个月内行动！"实际上，不到10天部队就出发了。

刘邓大军挺进大别山，任务艰巨，形势险恶，困难重重。部队要远离根据地，前有阻敌、后有追兵，还要过黄泛区、丢弃重装备……但为实现党中央的战略部署，战士二话不说，坚决服从中央的命令。

刘邓大军强渡黄河战役纪念馆

来到黄河岸边，看着滔滔河水，刘伯承、邓小平犯了难。渡过如此湍急的河流，需要大量船只，而造船需要大量木材，短时间内上哪儿弄这么多木材？山东阳谷人民了解情况后，提出"一切为了前线""一切为了胜利"的口号，紧急动员全县人民收购大树、准备苎麻、采购桐油，昼夜赶造渡河船只。有的老百姓把家里的门板卸下来，有的老人把自己的寿材板都献出来用于造船。

点滴小事，见证了军民鱼水情深。英雄的鲁西人民，用一颗颗赤诚的心支援刘邓大军强渡黄河，挺进中原地区。据不完全统计，阳谷县人民为了支前捐助粮食160余万千克，担架1.5万余副，车辆、树木、牲畜等物资不计其数。

"坚决冲过去！"强渡黄河的勇士们看到鲁西人民的鼎力相助，精神振奋，义无反顾。先遣连的战士乘着船头架设机枪的木船抢先渡河，敌人发觉后猛烈阻击，解放军岸边的炮兵立即发起攻击，掩护部队过河，炮弹不停地在两岸爆炸，震耳欲聋。渡河官兵冒着敌人的炮火奋勇向前，在枪林弹雨中很快突破了敌人防线。

强渡黄河后，刘邓大军发起鲁西南战役，打开了南进通道。随后，甩开蒋介石大军，胜利到达大别山。刘邓大军千里挺进大别山，就像一把钢刀，直插敌人心脏，有效地牵制了国民党军队的进攻，为我军夺取胜利创造了有利条件。

刘邓大军千里挺进大别山后，以晋冀鲁豫野战军陈赓、谢富治兵团为西路，在晋南突破国民党黄河防线，挺进豫鄂陕地区；以陈毅、粟裕率领的华东野战军主力为东路，挺进豫皖苏地区。三军在江、淮、河、汉之间布成"品"字形阵势，调动和吸引了大批国民党军回防中原。与此同时，我军在各个战场上开始转入战略反攻和进攻。

经过半年作战，人民解放军内外线配合，共歼敌 75 万余人。到 1947 年底，战争已经主要不是在解放区内进行，而是在国民党统治区内进行。毛泽东指出，人民解放军由战略防御转入战略进攻，"这是一个历史的转折点。这是蒋介石的 20 年反革命统治由发展到消灭的转折点"。

历 史 链 接

阳谷县寿张镇沙河崖村原来叫蒋家庄。临战前的一个早晨，刘伯承和邓小平带着几个警卫战士在村干部的陪同下，到村东头的赵王河边考察地形。看到赵王河西岸有个大土崖，村周围都是黄沙滩，邓小平就对陪同考察的村干部说："你们这个村紧靠河边土崖，村周围又到处堆满了黄沙，现在蒋介石的败局已定，我看你们的村名叫沙河崖比叫蒋家庄更好，你们看行不行？"大家听后都非常赞同，于是沙河崖就成了蒋家庄的新名字。

解放阁

位于山东省济南市历下区，为二层楼阁式建筑，采用中国古典建筑形式，金黄琉璃瓦，外用花岗石贴面，阁高24.1米，连台基通高34.1米，占地1637.2平方米，建筑面积617.2平方米。半腰处镶嵌陈毅题"解放阁"三个大字。高台全部用浑厚的石块砌成，周围四面砌石栏，台西面左右均有石阶可以攀登。阁址为解放军攻克济南时的攻城突破口处，以纪念济南战役的胜利，缅怀革命先烈。解放阁现为"山东省重点文物保护单位""济南市爱国主义教育基地"、泉城十大景观之一。

革命故事

活捉王耀武

济南战役中荣获"济南第一团"称号的第七十三团指战员

济南作为山东省省会，是津浦、胶济铁路交会点和连接华东、华北地区的战略要地。1948年秋，华东野战军集结14万兵力，准备攻取济南。为固守济南，蒋介石先后调集青岛的整编第三十二师第五十七旅、徐州的整编第八十三师第十九旅，后又将整编第七十四师空运济南；同时集中战斗机162架、重型轰炸机42架，组成空中支援力量。

根据中央军委指示，组成攻城及阻援、打援两个兵团，攻城兵团分为东、西两个集团。解放军攻济打援部队由华东野战军代司令员兼代政委粟裕指挥；攻城部队由山东兵团司令员许世友、华东野战军副政委兼山东兵团政委谭震林指挥。

国民党军由王耀武任总指挥，共设置三道防御阵地：以内城为核心阵地，以外城和商埠为基本阵地，以周围城镇及制高点为外围阵地。

9月9日至13日，解放军攻城部队陆续隐蔽向济南开进，于15日晚逼近城郊。此时，王耀武判断华东野战军的主攻方向在西面，遂将预备队第十九旅调至飞机场以西古城方向待机，将第五十七旅撤入市区，准备用于西郊防御，并掩护整编第七十四师空运济南。

16日晚，解放军攻城兵团全线展开攻击，迅速突破国民党守军外围防线。至17日，西集团歼国民党守军一部，并乘胜进逼西郊飞机场、腊山、党家庄地域；东集团歼灭国民党守军整编第七十四师一部后，直扑外城。东集团以迅猛的攻势突破城东部外围屏障，使国民党守军大为震惊。王耀武据此又判断华东野战军的主攻方向在东面，随即派重兵向东实施反击。

连续四天，东、西集团齐头并进，控制飞机场，飞夺黄河铁桥。国民党军整编第九十六军军长吴化文率部两万余人起义，攻城部队如风卷残云般扫清国民党守军的外围据点，从四面包围济南市区。国民党守军的信心开始动摇。王耀武向蒋介石请求准许突围，蒋严词拒绝，令其固守待援。王耀武随即调整部署，将主力撤入城内。

西集团在20日黄昏对商埠发起攻击，经过激烈战斗，分别攻占"绥靖区"司令部、火车站等主要据点，逼近城

解放阁

垣。22 日黄昏，东、西两集团开始合击外城。各部队在强大火力掩护下，实施连续爆破，勇猛突击，仅激战一小时即攻入外城，与守军展开激烈巷战。

23 日中午，攻城部队全歼国民党守军第二一三旅及保安第六旅残部，占领外城，逼近内城，并在炮火支援下，分别从东、西两个方向对内城实施突击。国民党守军拼死抵抗，战斗异常激烈。攻城部队除第十三纵队一部从西南角登城并占据少数房屋外，全线受阻。攻城兵团指挥部遂调整部署，将炮弹、炸药集中于主要突击方向，再次组织突破。

24 日 2 时许，第九纵队第二十五师和第十三纵队第三十七师各一部运用炮火、爆破、突击相结合的战术，先后在城东南角和西南角突破成功。其余各纵队也于拂晓突入城内，与守军展开激烈巷战。突入部队东、西对进，直插纵深，国民党守军节节败退。

激战至 24 日黄昏，部队全歼内城国民党守军。外围据守马鞍山、千佛山等地的国民党军残部，经攻城部队的炮击和政治攻势，于 25 日、26 日放下武器投降。王耀武等少数高级官员化装潜逃，在寿光县（今寿光市）境内被民兵俘虏。

历 史 链 接

1948 年 9 月 16 日至 24 日，经八昼夜激战，济南胜利解放。济南战役是华东野战军对国民党军坚固设防的济南市进行的城市攻坚战。此役，我军以伤亡 2 万余人的代价，歼灭国民党军共 10 余万人，俘虏国民党高级将领 23 名，缴获火炮 800 多门，坦克、装甲车 20 辆，汽车 238 辆。济南战役开创了我军夺取重兵坚固设防大城市的先例，沉重打击了国民党军坚守大城市的决心，锻炼和提高了人民解放军的攻坚作战能力。

东北野战军锦州前线指挥所旧址

位于辽宁省凌海市翠岩镇牤牛屯村，是有近百年历史的辽西传统民居，旧址总面积为2964平方米，扩建1024平方米，由5间正房、3间东厢房、3间门房和5间西厢房组成。1948年10月5日至11月2日，历时29天，东北野战军指挥机关在此指挥了辽沈战役中所有重要战役。旧址列入《辽宁省不可移动革命文物名录（第一批）》，被评为辽宁"省级文物保护单位"；2021年5月，被文旅部、中宣部等四部委确定为"建党百年红色旅游百条精品线路"中重要的红色地标。

革命故事

小村庄与大决战

在锦州西北翠岩山脚下，有一个叫牤牛屯的小村庄，一座典型的辽西建筑风格的农家院落坐落其中，这便是东北野战军锦州前线指挥所旧址。

1948年9月7日，毛泽东起草了中共中央军委《关于辽沈战役的作战方针》的电报，将战略决战的方向选定为东北。彼时的东北工业基础雄厚，是全国五大战场中唯一一个解放军数量超过国民党军数量的地区。

根据中央军委指示，9月12日，东北野战军挥师南下北宁线，发起辽沈战役。10月5日，东北野战军司令员林彪、政委罗荣桓、参谋长刘亚楼率指挥机关，从黑龙江省双城堡秘密到达牤牛屯村，并按照中央军委的指示，指挥了锦州攻坚战、塔山阻击战、彰武阻击战、长春围困战、黑山阻击战、辽西围歼战和解放沈阳、营口战斗等，为夺取辽沈战役的全面胜利奠定了重要基础。

锦州被称为东北的"咽喉"，控制着东北与华北的通路。解放战争中，攻克锦州相当于封闭了东北国民党军撤向华北的退路。为确保这一战略要点掌握在自己手中，蒋介石不惜血本，以 10 万余全副美式装备的重兵据城防守，并由国民党东北"剿总"副总司令范汉杰坐镇指挥。锦州城设防坚固，敌人沿城墙外围构筑了层层工事，布满了碉堡、地雷、铁丝网。故此，范汉杰曾吹嘘："锦州是打不破的铜墙铁壁！"

真正攻打锦州城，只用了 31 个小时，困难在于拔除外围据点。在锦州外围作战中，配水池战斗最为惨烈。这里原是日伪时期建设的一个钢筋水泥结构的供水站，居高临下，易守难攻，与附近的据点形成了锦北外围的防御体系。担任攻打配水池任务的是第三纵队七师二十团一营，他们提出了"攻配水池的都是打铁的汉"的响亮口号。

1948 年 10 月 12 日 8 时，一营发起冲锋，激战到傍晚 5 时，营长赵兴元率领最后 5 个还能动的战士，扑上了敌人在锦州城北的最后一个据点——配水池阵地，高喊："缴枪不杀！"至此，锦州城已经尽收眼底。赵兴元所在的一营，是一个拥有近 800 人的加强营，此时只剩下了 22 人。当挑着包子和

锦州战役中，东北野战军猛攻敌军

呼啦汤的炊事员蹚过延绵 100 多米的尸体，登上配水池阵地，只看到 22 个战友时，他一屁股坐在地上，撕心裂肺地大哭起来。此前，炊事班按照 600 人的标准给一营准备好了牛肉包子和呼啦汤。

锦州战役结束后，范汉杰化装逃跑时，被解放军查获。当范汉杰被押解到牤牛屯，看到东北野战军首长在这样一个小小的村庄指挥如此大的战役时，不禁感叹："真没想到，你们竟然就在这样的房子里指挥打仗！"

辽沈战役期间，西柏坡和牤牛屯两个小村庄间的往来电报近百封，党中央通过电报，直接领导和指挥这场大决战。从此，历史在牤牛屯这个小小的村庄里开始扭转，牤牛屯也因此而名扬天下。

历 史 链 接

辽沈战役是解放战争的三大战役之一，1948 年 9 月 12 日开始，同年 11 月 2 日结束。在林彪、罗荣桓、刘亚楼的指挥下，人民解放军东北野战军集中主力 70 万人，经过 52 天的鏖战，以伤亡 6.9 万人的代价，共歼灭了东北"剿总"及所属 4 个兵团部、11 个军部、36 个整师及地方部队计 47.2 万人，俘虏国民党军少将以上军官 186 名。战役结束后，国民党军总兵力下降到 290 万人，人民解放军总兵力上升至 310 万人，为全国解放战争的胜利创造了极为有利的条件。

杨家台子

位于安徽省宿州市萧县丁里镇蔡洼村，也叫杨家院子，是淮海战役总前委会议暨华东野战军指挥部旧址。淮海战役期间，华东野战军代司令员、代政委粟裕在这里设立指挥部。刘伯承、陈毅、邓小平、粟裕、谭震林在这里召开了淮海战役总前委唯一一次全体会议。这次会议是取得淮海战役胜利，继而渡江南下，解放全中国的一次决定性会议。蔡洼淮海战役红色旅游景区现为国家 AAAA 级旅游景区、全国红色旅游经典景区、"安徽省爱国主义教育基地""全国重点文物保护单位"。

革命故事

小推车与大决战

在山东省沂蒙革命纪念馆里，一组名为《力量》的巨幅群雕震撼着无数观展者：淮海战役中，支前大军推着一辆辆装满物资的独轮小推车，行走在崎岖不平的道路上，将救命的物资推到前线。陈毅曾深情地说："淮海战役的胜利，是人民群众用小车推出来的！"

淮海战役小推车

1948 年 11 月，淮海战役打响后，在徐淮平原，80 万国民党军被解放军分割包围在辽阔冰冷的大地上。此时，被团团包围的国民党军杜聿明部已经陷入走投无路的境地。但不甘失败的杜聿明对眼前的形势一度非常乐观，他认为解放军的处境比自己更糟糕。在他看来，国民党军时有空投支援，境况尚且如此惨淡；而解放军别说飞机，连汽车都没有，这几十万大军更难解决粮草问题，因此不可能一直将自己包围。

解放军华野部队的粮食供应的确出现了困难。战役初期，部队每人只携带三天口粮，如果仅靠各粮站紧急调往运河以西的粮食做补给，既耗费大量人力，又有可能赶不上部队移动的速度。在这危急之时，中共华东局常委、华东军区副司令员张云逸当机立断，决定采取最便捷的方式——征粮。

张云逸给征粮部队下达了必须遵守的纪律。他要求各部队在征粮过程中采取宣传动员与照顾群众相结合的办法。一方面，张云逸要求征粮部队向百姓介绍战场形势，让他们了解征粮的目的。他还特别强调，要和老百姓讲清楚，解放军是借粮，战役结束后如数奉还。另一方面，他还在征借过程中做

淮海战役总前委旧址门口

到有重有轻，秋征负担轻的地方多借，秋征负担重的地方少借，灾区一般不借，并确保群众总负担率不超过30%。

解放军的确没有国民党军那么优越的运输条件，但解放军背后有千千万万人民群众的拥护和支持，他们用手中的小推车为解放军撑起了后勤补给的钢铁长城。

上级单位发出支援淮海战役的通知后，各地群众立即响应，纷纷报名要求参与小推车支前行动。支前路上出现了感人的一幕，解放区群众用成千上万辆小推车载着粮食，浩浩荡荡地向前线进发。一路上，他们跋山涉水，不

畏艰难，经受着超乎想象的疲劳考验。冬夜，狂风大作、沙土飞扬，支前大军露宿街头，挤在一起取暖。就这样，他们跨过一条条冰河，翻过一座座大山，战胜了一个又一个严寒下的露宿之夜，最终及时地把粮食送达前线。

为了有力支援淮海战役，配合解放军作战，在各地党委的组织领导下，人民群众在苏鲁豫皖冀纵横3000多千米的广大地域上，建立起分工详细、配合默契的支前保障网，水路、陆路交相运行，兵站、民站、粮站、伤员转运站贯穿交叉在淮海战场上。前方需要什么，后方就支援什么；解放军打到哪里，人民就支援到哪里。1949年1月初，鹅毛大雪漫天飞舞。根据战场保障需要，指挥部要求后方迅速筹集军粮运往前线。支前队伍深一脚、浅一脚，冒雪前行。车子不能推，支前群众便用手拉、用肩扛，困难再大，也要保证前线战士们吃上饭。

一场历时66天的浴血奋战，一次罕见的大规模人民支前行动……据不完全统计，在整个淮海战役中，解放区发动群众总计543万人，车子88万余辆、担架20.6万副、挑子30.5万副，筹集粮食4.8万千克，赶做军鞋数百万双，运送弹药300多万吨，转送伤员12余万名，另有10余万名青年参军、参战，大大满足了战争的需要。

无数支前群众用手中的小推车，推动着淮海战役的车轮滚滚向前。1949年1月10日，迎来了淮海战役的最后胜利。

历 史 链 接

淮海战役是解放战争时期华东野战军、中原野战军在以徐州为中心，东起海州（连云港），西至商丘，北起临城（今枣庄市薛城区），南达淮河的广大地区，对国民党军进行的战略性进攻战役。淮海战役于1948年11月6日开始，1949年1月10日结束，在刘伯承、邓小平、陈毅、粟裕、谭震林等的指挥下，解放军60万余人对敌80万余人，以伤亡13万余人的代价，歼灭国民党军55万余人。淮海战役是三大战役中解放军牺牲最重、歼敌数量最多、政治影响最大、战争样式最复杂的战役。

金汤桥

位于天津市建国道西端与水阁大街之间的海河上，桥长 76.4 米，总宽 10.5 米，始建于 1906 年，意为"固若金汤"，是天津市现存最早建造的大型铁桥之一，也是目前国内唯一的钢制平转式开启桥。1949 年 1 月 14 日，天津战役总攻打响；15 日，解放军东西两面主攻部队在金汤桥上胜利会师。1984 年，天津市在桥畔建立了解放天津会师纪念碑；在金汤桥东西两岸各建设了一座会师公园，公园内设有会师金汤雕塑、坦克和火炮等。该桥被评为"天津市文物保护单位"和"天津市爱国主义教育基地"。

革命故事

小伤亡与大胜利

辽沈战役刚刚结束，蒋介石一心想扭转华北战局，遂将傅作义召到南京，陈述华北的重要性，并对傅作义说："华北必须固守，非万不得已不得放弃，并以全权任其决定。"当时，华北战场的傅作义集团有军队 50 余万人，收缩在以北平、天津为中心，东起唐山，西至张家口的

傅作义部队接受改编

华北人民群众热烈欢迎东北野战军入关作战

长达千余里的铁路线上，采取暂守平、津、张地区，同时确保塘沽海口，以观战局变化的方针。

1948 年 11 月 29 日，平津战役打响。解放军以出其不意的速度解放了新保安、张家口，歼敌 7.3 万余人，傅作义西逃之路被堵死。

此时，傅作义对位于南边的天津还抱有很大信心。天津地形复杂、水网密布，城池内外有大小碉堡 1000 余座，城内装备精良、火力密集，可谓固若金汤、易守难攻。

为使天津这座大城市免遭战火破坏，林彪、罗荣桓给国民党天津警备司令陈长捷写信，以期和平解放天津。但由于陈长捷坚持顽抗，致使天津和谈的大门被关闭。上级限定东北野战军 3 天攻下天津，指挥战斗的刘亚楼则表态："30 个小时内保证把陈长捷吹嘘的'大天津堡垒化'打个稀巴烂！"仅用 29 个小时，攻城部队会师金汤桥，陈长捷被活捉。

天津的武装解放，令傅作义慌了神，北平 25 万守军陷入绝境。此时，傅作义左右为难：若战，北平众多古建筑不保，殃及几百万民众，生灵涂炭，会成为千古罪人；若不战，向解放军求和，又怕得不到原谅，被人视为"叛逆"。

傅作义的女儿傅冬菊是一名地下共产党员，她将父亲的一举一动、情绪变化每两天向党组织汇报一次，毛泽东对傅作义的一切了如指掌。

为了保护北平这座具有几千年历史的文化古城，让百姓不再遭受战争之苦，毛泽东指导了这次劝降工作。他起草劝降公函，并派人送到傅作义处。在公函中，毛泽东希望傅作义为了人民慎重考虑北平问题，有什么条件，两党可以详谈。

在傅冬菊劝父和谈的基础上，共产党还多次派人做傅作义的思想工作。

傅作义的老师刘厚同在其中出了不少力，他以坚定的态度反复同傅作义谈形势、摆利害，揭露蒋介石的阴谋，希望傅作义顺应人心，走和平谈判道路，切不可自毁前程。

100万将士兵临城下，解放军遵照中共中央、中央军委的指示，采取军事打击与政治攻略相结合的方针，与傅作义代表进行多次谈判，达成《关于和平解决北平问题的协议》。

1949年1月31日，北平和平解放，傅作义军队陆续离开北平，接受解放军的改编。至此，平津战役胜利结束。平津战役以人民解放军的小伤亡换来了伟大胜利，使悠久的文化古都北平和工商业大城市天津回到人民手中，并从此写就新的历史篇章。

历 史 链 接

平津战役发生在平津一线地区，是解放战争战略决战三大战役中的最后一次战役。1948年11月29日至1949年1月31日，东北野战军和华北军区部队在林彪、罗荣桓、聂荣臻等的指挥下，历时64天，以伤亡3.9万人的代价，共歼灭和改编国民党军1个"剿总"总部及3个兵团部、1个警备司令部、13个军部、51个师，共52万余人，国共损失比为13.3：1。平津战役的胜利，连同辽沈战役和淮海战役的胜利，使国民党军的精锐部队丧失殆尽。从此，中国人民解放战争在全国胜利的局面已经基本确定。

西柏坡

位于河北省石家庄市平山县中部，总面积为 16 440 平方米，是一个风光秀丽、水土肥美、交通方便、易守难攻的小山村。曾是中共中央所在地，党中央在此指挥了辽沈、淮海、平津三大战役，召开了具有伟大历史意义的七届二中全会和全国土地会议，故有"新中国从这里走来""中国命运定于此村"的美誉。西柏坡为中国革命圣地之一，是"全国重点文物保护单位""全国爱国主义教育示范基地"、全国著名革命纪念地、国家 AAAAA 级旅游景区，入选《全国红色旅游经典景区名录》。

革命故事

"进京赶考"

1949 年 1 月 31 日，北平和平解放，中共中央决定在北平定都，准备离开党的最后一个农村指挥所——西柏坡，进驻世界闻名的古都北平。

"进京赶考"之前，党中央做足了"功课"。3 月 5 日至 13 日，党中央在西柏坡召开了具有重大历史意义的七届二中全会。会议决定在全国胜利的局面下，党的工作重心必须实行战略转移，即由乡村转移到城市。

毛泽东在七届二中全会的报告中指出："务必使同志们继续地保持谦虚、谨慎、不骄、不躁的作风，务必使同志们继续地保持艰苦奋斗的作风。"这样就给全党及时地从思想上敲响了警钟，提醒全党要防止骄傲自满情绪，警惕资产阶级糖衣炮弹的进攻，同时也为执政党的建设提出了新的课题与任务，使全党广大干部在全国革命胜利后，继续保持清醒的头脑，继续保持艰苦奋斗的优良传统作风。

1949 年 3 月 23 日，党中央离开西柏坡向北平进发。

在告别西柏坡踏上进驻北平征途之后，毛泽东还风趣地把进驻北平比喻为"进京赶考"。周恩来也笑着说："我们应当都能考试及格，不要退回来。"毛泽东满怀信心地说："退回来就失败了。我们决不做李自成，我们都希望考个好成绩。"

当日临近中午，中共中央和解放军总部分乘 11 辆小汽车、10 辆大卡车离开西柏坡，一路北上。

位于唐县城北约 4 千米的淑闾村，成为中共中央进京途中的第一个留宿地。毛泽东住在了李登魁烈士家。一晚上，毛泽东几乎没有睡觉，前半夜同村干部座谈，后半夜伏在用门板支起的床上，点着一盏油灯，工作到天亮。

24 日中午时分，毛泽东一行抵达保定。当时围观的群众很多，基于安全考虑，有警务人员提出"净街"，毛泽东对这一套做法很不赞成。在汽车里，他还不断地向群众招手致意。24 日傍晚到达河北涿县（今涿州市），看了市容后，毛泽东问："据说涿州城很繁华，为什么城内冷冷清清？"县委书记回答："国民党九十四军在这里驻防时，

西柏坡中共中央旧址一角

为了防共，把所有商户都赶到东关去了，不让人们进城里来。"毛泽东说："现在为什么还不迁回来？"于是，县委遵照指示，三四天内把商户都迁进城内，使刚解放不久的县城的秩序和集市贸易恢复正常。

25 日凌晨，毛泽东一行由涿县改乘火车向北平进发。

进驻北平的当天，中央领导同志就在西苑机场会见了民主人士和各界代表。晚上，由毛泽东、周恩来和中央统战部部长李维汉等在颐和园益寿堂宴请爱国民主人士。毛泽东会见张澜的时候，让卫士李银桥给他找一件好点的衣服。李银桥找了个遍，也没找到一件不带补丁的衣服，就对毛泽东说："主席，咱们真是穷秀才进京'赶考'，一件好衣服都没有。"毛泽东说："历来

西柏坡纪念馆

纨绔子弟考不出好成绩，安贫者能成事，嚼得菜根百事可做。张老先生是个贤达之士，他不会怪罪的，衣服只要整齐干净就好。"于是，毛泽东就穿着带着补丁的衣服会见了张澜。

从 3 月 25 日开始，毛泽东在香山双清别墅，白天请教民主人士，商讨召开新政协会议；晚上伏案决策战役和思考建国体制，日理万机，迎接中华人民共和国的诞生。

1949 年 9 月 27 日，北平改名为北京。1949 年 10 月 1 日，毛泽东、周恩来等党和国家第一代领导人登上天安门城楼，向世界庄严宣布：中华人民共和国中央人民政府今天成立了。

历 史 链 接

中共中央为什么选址西柏坡，目前在党史界已形成基本共识：第一，西柏坡战略位置重要，交通便利，环境优越，能进能退，能守能攻，是理想的战争指挥部；第二，西柏坡物产丰富，可保障机关部队有充足给养；第三，也是最重要的因素，党和群众基础好。对于第三点，党中央在延安时就通过报纸和来自晋察冀的同志的谈话等各种渠道有了全面的了解。

渡江战役总前委孙家圩子旧址

位于安徽省蚌埠市蚌山区燕山乡孙家圩子村，占地面积约 1.36 万平方米，自然环境、隐藏条件和交通条件等均比较好。旧址均为泥墙草顶建筑，主要由邓小平旧居、陈毅旧居、张震旧居、大食堂及会议室组成。1949 年 3 月 22 日，渡江战役总前委、第三野战军指挥部进驻这里，召集各兵团指挥员开会，听取渡江作战准备情况的汇报，分析当时战场上的敌我态势，并研究制定《京沪杭战役实施纲要》。旧址为"安徽省文物保护单位"，入选《全国红色旅游经典景区名录》，是蚌埠市开展爱国主义教育、革命传统教育的重要阵地。

革命故事

百万雄师过大江

钟山风雨起苍黄，百万雄师过大江。
虎踞龙盘今胜昔，天翻地覆慨而慷。
宜将剩勇追穷寇，不可沽名学霸王。
天若有情天亦老，人间正道是沧桑。

这是毛泽东在 1949 年 4 月下旬为庆祝中国人民解放军解放南京而作的一首诗。

"打过长江去，解放全中国！"辽沈、淮海、平津三大战役胜利结束后，党中央决定以百万大军发起渡江战役，击碎国民党政府"划江而治"的梦呓。

1949 年 4 月 20 日晚，趁着夜色降临，解放军第九兵团二十七军七十九师二三五团的战士们从长江北岸的安徽无为县白茆洲悄悄登上战船，率先抢渡长江天堑，渡江战役正式打响。接着，第二、第三野战军在西起湖口、东至江阴的长达 500 余千米的战线上强渡长江。

渡江战役发起后，敌人用一颗颗照明弹划破了漆黑的江面。解放军千帆竞发，向着敌人的阵地运动着。船只像一排排利箭，快速越过江面，刺向敌人的胸膛。先头船刚过中流，距离对岸 300 米时，敌军开始进行炮火拦截。有的船被打穿，战士们就用棉絮、身体堵漏。解放军炮群再次齐射，掩护部队渡江。江心波涛汹涌，水柱冲天；江南岸是一片火海，映红夜空。各部队陆续到达南岸，平均渡江时间为 15—20 分钟。

渡江战役时人民解放军战斗的场景

在渡江指战员英勇冲锋的时候，广大船工也表现出了高度的革命英雄主义精神。14 岁的无为渔家女马毛姐是支援渡江的船工中年龄最小的一位。在枪林弹雨中，马毛姐和哥哥往返 6 趟运送解放军，子弹打烂了船篷，打穿了船板，也划破了她的手臂。但她心里只有一个念头：前进也是危险，停着也是危险，不如早一点到岸，把敌人碉堡消灭掉，后头船就平安了。

马毛姐的英雄事迹是渡江战役中人民群众英勇献身的一个缩影。在渡江作战期间，仅无为地区就有 3382 名水手与解放军一起，冒着敌人的炮火抵达长江南岸。这些水手中，有的人负伤后仍然英勇奋战，有的人将生命永远献给了解放事业。同时，在被炮火映红的江面上，还有千千万万名船工随军作战。据统计，整场渡江战役中，1 名解放军指战员身后就有 10 名老百姓的支援。渡江战役的胜利是靠老百姓用小船划出来的。

在渡江部队的猛烈进攻下，国民党部队苦心经营了三个半月的长江防线很快被突破。4月21日凌晨，在中共地下党员唐秉琳、梅含章的领导下，江阴要塞起义；23日，国民党海军海防第二舰队司令林遵率领25艘大小舰艇在长江下游笆斗山江面

渡江战役中，众多船工随军作战

起义……这些都沉重打击了国民党守军的士气，加速了渡江战役的胜利步伐。得知人民解放军渡过了长江，毛泽东为新华社起草了《人民解放军百万大军横渡长江》的新闻稿，宣布："人民解放军百万大军，从一千余华里的战线上，冲破敌阵，横渡长江。"

历史链接

渡江战役，又称京沪杭战役，是解放战争期间中国人民解放军继战略决战胜利后，对国民党军进行战略追击的第一个大的战役，也是中国人民解放军战争史上规模空前的强渡江河进攻战役。战役自1949年4月20日发起，至6月2日止，历时43天。中国人民解放军第二、第三野战军和第四野战军先遣兵团，以及华东、中原军区部分地方武装共约120万人参战。百万雄师，在刘伯承、陈毅、邓小平、粟裕、谭震林组成的总前委指挥下，以雷霆之势，一举突破国民党陆海空三军联合组成的长江防线，占领南京，攻克上海，解放杭州、武汉、南昌等名城。

天安门城楼

　　位于北京市中心、故宫的南端，是中国国家象征之一。天安门正中门洞上方悬挂着毛泽东画像，两边分别是"中华人民共和国万岁"和"世界人民大团结万岁"的大幅标语。始建于明朝永乐十五年（1417 年），旧称承天门，是明清两代北京城的正门。1949 年 10 月 1 日，在这里举行了中华人民共和国的开国大典，由此成为国徽的设计元素。1961 年，天安门被国务院公布为第一批"全国重点文物保护单位"；天安门广场是"全国爱国主义教育示范基地"，入选《全国红色旅游经典景区名录》。

革命故事

开国大典为什么在下午三点进行

　　1949 年 10 月 1 日下午 3 时，毛泽东在天安门城楼上庄严宣告：中华人民共和国中央人民政府今天成立了。54 门礼炮齐鸣，30 万民众欢声雷动，1.6 万余受阅部队脚步铿锵……那么，开国大典为什么安排在下午 3 点隆重举行呢？

　　1949 年 7 月，根据全国的解放形势，中共中央成立了以周恩来为主任，聂荣臻等为副主任的开国大典筹备委员会；任命中国人民解放军总司令朱德为阅兵司令员，并决定由华北军区具体负责阅兵的组织工作，任命华北军区兼平津卫戍区司令员聂荣臻任阅兵总指挥。不久，身兼北平市市长的聂荣臻又被各界公推为中华人民共和国成立庆祝大会筹备委员会主任。

　　受命之后，聂荣臻深知任务的极端重要性。他对每项工作都做了周密的布置，和副总指挥杨成武一起向中央领导汇报了《阅兵典礼方案》。中央领导对方案给予了肯定，毛泽东要求"一定要搞好"。

安全保卫是重中之重。面对极其复杂的社会治安形势，为防范国民党潜伏特务的破坏活动和敌机空袭干扰开国大典，聂荣臻对防空工作进行了重点布置。就在四五个月前，国民党军6架B-24型轰炸机空袭了南苑机场，造成了人员伤亡。如果蒋介石孤注一掷，要空袭开国大典，损失不可估量。

聂荣臻深入分析了敌机特点后，向毛泽东等提议，将大典时间安排在下午3时。这是因为国民党用于轰炸的飞机是美制B-24轰炸机，这种飞机的时速是488千米，最大航程为3380千米。轰炸机的起飞地点是浙江舟山群岛，与北京航距1230千米。如果上午从舟山群岛起飞，B-24轰炸机可以在3个小时左右抵达北京，执行完轰炸任务之后，还可以安全返回；如果下午起飞，轰炸任务虽可以执行，但向北京飞行，都将面对太阳，在空战中处于不利地位，而且难以在天黑前返回，夜航能力相当差的B-24很可能有来无回。这一建议得到毛泽东等人的同意。

为防万一，筹委会在天安门城楼下就原有城门洞修建防空洞4个，以有序安排躲避，防止出现大范围的混乱局面。同时，聂荣臻向参加大典的部队发出了一道命令：如遇空袭，要原地不动，天上下刀子也不能动，保持原队形。

天安门城楼

游行群众也事先被告知，遇有空袭不要乱跑，听指挥。受阅骑兵方队对1978匹战马进行了有干扰条件的训练，还采取了必要的措施。

按照原定的阅兵方案，空军不参加阅兵式，因为那时飞机没有几架，飞行员也不多。但是，周恩来、朱德和聂荣臻不甘心。8月下旬，他们来到南苑机场，看着P-51型飞机一架架腾空而起，又编队飞行，然后安全落地，心里有了底。为了确保全队能准确、整齐、安全地通过天安门上空，全体飞行员反复推敲方案，对可能出现的各种情况做了充分的准备。特别是由于当时防空力量有限，受阅编队既要完成好受阅任务，还需要防范开国大典当天敌人的袭击，最后大家研究决定在P-51战斗机分队中由分队长赵大海和飞行员阎磊带实弹飞行，一旦发现敌情，立即解除受阅任务，前往拦截。

1949年10月1日下午举行开国大典，这个消息之前一直是绝密。直到典礼开始前5小时，才由当时的北平新华广播电台向全世界发出公告。这样做，虽然参加开国大典的外国友人少而又少，却保证了开国大典安全顺利地进行。

历史链接

提到开国大典，人们很容易想到毛泽东那句震古烁今的名言："中国人民从此站起来了。"然而这句话，并不是毛泽东在天安门城楼上讲的，而是在1949年9月21日的政协开幕词中讲的。原文是"诸位代表先生们：我们有一个共同的感觉，这就是我们的工作将写在人类的历史上，它将表明：占人类总数四分之一的中国人从此站立起来了。"这篇文章已被收入《毛泽东文集》。

鸭绿江断桥

位于辽宁省丹东市振兴区江岸路鸭绿江畔，由日本驻朝鲜总督府铁道局所建，原为12孔可开闭式铁路桥，总长944.2米，宽11米，连接朝鲜平安北道新义州与中国安东（今丹东），是鸭绿江上的第一座桥梁。抗美援朝战争期间，由于该桥作为中方支援朝鲜前线的交通大动脉，具有突出的战略地位，被美军轰炸机拦腰炸塌，中方一侧所剩4孔保留至今，习惯上称为"断桥"。断桥现为"全国重点文物保护单位""全国爱国主义教育示范基地"、国家AAAA级旅游景区，并入选《全国红色旅游经典景区名录》。

革命故事

一首不朽的战歌

雄赳赳，气昂昂，跨过鸭绿江。
保和平，卫祖国，就是保家乡。
中国好儿女，齐心团结紧。
抗美援朝，打败美帝野心狼！

这是中国人民志愿军炮兵第一师第二十六团五连指导员麻扶摇写的一首出征诗，反映了志愿军全体指战员的心声，后经个别文字润色，由音乐家周巍峙谱成曲，并定名为《中国人民志愿军战歌》。

1950年11月30日《人民日报》刊登了这首歌后，很快被全国人民传唱开来，并跨越万水千山传唱到了朝鲜战场上，成为鼓舞志愿军将士作战的强大力量。"战歌是志愿军的歌，是英雄的歌，是那个时代的最强音……"麻扶摇生前曾经这样说。

歌声穿透历史的尘埃，如今唱起这首战歌依然令人热血沸腾。这首源自抗美援朝一线的歌曲，之所以能激起几代人的共鸣，不只因为它的旋律铿锵有力，更因那场战争的伟大和壮烈。

1950 年 6 月，朝鲜内战爆发。美国政府做出武装干涉朝鲜内战的决定，并派遣第七舰队侵入台湾海峡。同年 10 月初，美军不顾中国政府的一再警告，悍然越过三八线，把战火烧向中朝边境，我国安全面临严重威胁。

中国人民志愿军跨过鸭绿江

美国经济实力位于世界首位，军队装备高度现代化。在朝鲜战场上，美军动用了陆军全部兵力的三分之一、空军全部兵力的五分之一和海军全部兵力的近二分之一，使用了除原子弹以外的所有现代化武器。而我国大陆刚刚解放，经济极为困难，军队以陆军为主，武器装备相当落后。

尽管双方实力悬殊，在唇亡齿寒的危急关头，应朝鲜党和政府的请求，中共中央高瞻远瞩，审时度势，毅然做出抗美援朝、保家卫国的历史性决策。1950 年 10 月 19 日，中国人民志愿军在彭德怀司令员的率领下，雄赳赳，气昂昂，跨过鸭绿江，开赴朝鲜战场。

在高亢激昂的战歌声中，志愿军同朝鲜人民军并肩作战，以正义之师行正义之举，创造了以弱胜强的战争奇迹：首战两水洞、激战云山城、会战清川江、鏖战长津湖、血战上甘岭……连续进行了五次战役，历经两年零九个月舍生忘死的浴血奋战，把装备精良、武装到牙齿的强敌赶回到三八线附近，赢得了抗美援朝战争的伟大胜利。

"美国钢多，我们气多！"在高亢激昂的战歌声中，志愿军勇士面对强大的敌人不悲观、不动摇，始终充满着必胜的信心，一把炒面一把雪，冰冷的土豆当成馍，艰苦卓绝，斗志旺盛。

"人在阵地在，誓与阵地共存亡！"在高亢激昂的战歌声中，无数志愿军勇士身负重伤后，从血泊中爬起来冲向敌人，甚至用自己的身体挡住敌人的枪口，以大无畏的革命精神，创造了惊天动地的辉煌战绩。

志愿军官兵向敌人某高地发起进攻

"不相信有完成不了的任务，不相信有克服不了的困难，不相信有战胜不了的敌人！"在高亢激昂的战歌声中，涌现出杨根思、黄继光、邱少云等30多万名英雄功臣和近6000个功臣集体。每一个名字、每一个群体背后都是一段悲壮的英雄故事。

如果说《中国人民志愿军战歌》是一首不朽的战歌，那么伟大的抗美援朝精神就是这首战歌的灵魂。这首战歌如同赓续红色基因的密码，浸入一代又一代中国人的血脉，成为中国人民生命的信仰。

历史链接

抗美援朝战争是20世纪50年代初爆发的朝鲜战争的一部分，仅指中国人民志愿军参战的阶段。志愿军在彭德怀、邓华、杨得志、杨勇等的指挥下，以135万（最大兵力）对战麦克阿瑟、李奇微、克拉克的"联合国军"120万（最大兵力）。1950年10月25日，志愿军打响了驻军朝鲜后的第一仗。1953年7月27日，交战双方签订《朝鲜停战协定》，至此，抗美援朝战争胜利结束。1958年10月，志愿军全部撤回中国。抗美援朝战争的伟大胜利，是中国人民站起来后屹立于世界东方的宣言书，无可争议地表明"由外国帝国主义欺负中国人民的时代，已由中华人民共和国的成立而永远宣告结束了"。

松基三井

位于黑龙江省大庆市大同区高台子镇永跃村旁，于 1958 年 9 月勘探，进尺 1461.76 米，1959 年 9 月 26 日出油，1988 年 7 月 25 日关井停产，累计生产原油 1.01 万吨。松基三井不仅是大庆油田的发现井，而且是中国石油工业史上的里程碑，它标志着高台子油田的发现，为松辽盆地找油勘探找到了首个落脚点。2001 年，大庆第一口油井（松基三井）被国务院公布为第五批"全国重点文物保护单位"，成为中华人民共和国最年轻的文物之一。此外，该井还入选《中央企业工业文化遗产名录》，被命名为"中国石油天然气集团有限公司石油精神教育基地"，被评为黑龙江省第四批"爱国主义教育基地"。

革命故事

"铁人"王进喜

王进喜

1923 年，王进喜出生于甘肃省玉门市的一个贫苦农民家庭。他 15 岁时进入玉门石油公司当工人，是我国第一批石油钻探工人。

1959 年，王进喜作为石油战线的劳模到北京参加群英会，他看到大街上的公共汽车车顶上背着大气包来回跑，奇怪地问："背那家伙干啥？"别人说："因为没有汽油，烧的煤气。"这话像锥子一样刺得他心疼。他曾多次对工友们说："一个人没有血液，心脏就会停止跳动。国家没有石油，天上飞的，地上跑的，海上行的，都要瘫痪。没有石油，国家有压力，我们要自觉地替国家承担这个压力，这是我们石油工人的责任啊！"

1959 年 9 月 26 日，我国石油战线传来喜讯：发现大庆油田。一场规模空前的石油大会战随即在大庆展开。王进喜从西北的玉门油田率领 1205 钻井队赶来，加入了这场"石油大会战"。

一到大庆，呈现在王进喜面前的是许多难以想象的困难：没有公路，车辆不足，吃和住都成问题。但王进喜和他的同事下定决心：有天大的困难也要高速度、高水平地拿下大油田。

钻机到了，吊车不够用，几十吨的设备怎么从车上卸下来？王进喜说："咱们一刻也不能等，就是人拉肩扛也要把钻机运到井场。有条件要上，没有条件创造条件也要上。"他们用滚杠加撬杠，靠双手和肩膀，奋战 3 天 3 夜，38 米高、22 吨重的井架迎着寒风矗立荒原。要开钻了，可水管还没有接通，王进喜振臂一呼，带领工人到附近水泡子里破冰取水，硬是用脸盆、水桶，一盆盆、一桶桶地往井场运了 50 吨水。经过艰苦奋战，他们仅用了 5 天零 4 小时就钻完了大庆油田第一口生产井。

"石油工人一声吼，地球也要抖三抖！"1960 年 4 月 29 日，在"五一"万人誓师大会上，王进喜披红戴花，骑着大马进了会场。然而，谁能想到，两天后，一场意外突然降临到了他的身上。

5 月 1 日，王进喜在工地指挥工人放井架时，一根几百斤重的钻杆滚落下来，正好砸伤了他的大腿，他当场昏了过去。等他醒过来的时候，看见工友们为了救他竟放下了手头的活。他一把推开身边的

"石油大会战"誓师大会

工友，说："我又不是泥捏的！"说完，举起双手，拖着正在流血的大腿，继续指挥大家放井架。

忙完后，王进喜被送到了医院，可他很快又拄着拐杖回到了工作岗位，因为他心中始终担心着一件事：新的井处在高压区，很容易发生井喷。谁料到，当钻机钻到700多米的时候，井喷真的发生了。这时如果不及时堵住缺口，后果不堪设想。千钧一发之际，王进喜纵身跳进了泥浆里，队员们也都接二连三地跳了进去……3个小时以后，几个英勇的汉子终于把井喷制服了。

在随后的10个月里，王进喜率领1205钻井队和1202钻井队，在极端困苦的情况下，克服重重困难，双双达到了年进尺10万米的世界钻井纪录，创造了人类油田史上的奇迹。

房东大娘看到王进喜累不垮、压不倒，没黑没白地干，心疼地说："王队长可真是个铁人啊！"从此，"王铁人"的名号就叫开了。

"宁可少活二十年，拼命也要拿下大油田！"王进喜以顽强意志和冲天干劲，为祖国的石油事业日夜操劳，终因积劳成疾，于1970年患胃癌病逝，年仅47岁。但王进喜留下的"铁人精神"，成为我国社会主义建设的宝贵财富，激励了一代又一代石油工人。

历 史 链 接

大庆油田位于黑龙江省中西部、松嫩平原北部，是世界上为数不多的特大型陆相砂岩油田之一。当年恰逢中华人民共和国成立10周年，举国同庆，于是这个大油田被定名为大庆油田。大庆油田于1960年投入开发建设，是中国最大的油田，由萨尔图、杏树岗、喇嘛甸、朝阳沟、海拉尔等48个规模不等的油气田组成，面积约6000平方千米，年产原油4000万至5000万吨。大庆油田的开发一举摘掉了中国贫油的帽子，从此中国结束了靠洋油过日子的时代。2018年，大庆油田入选《中国工业遗产保护名录（第一批）》。

红旗渠

位于河南省林州市，工程于 1960 年 2 月动工，至 1969 年 7 月支渠配套工程全面完成，历时近 10 年。该工程共削平了 1250 座山头，架设 151 座渡槽，开凿 211 个隧洞，修建各种建筑物 12 408 座，挖砌土石达 2225 万立方米，总干渠全长 70.6 千米，干渠支渠分布全市乡镇，有"人工天河"之称。红旗渠先后被评为"爱国主义教育基地""全国爱国主义教育示范基地""全国重点文物保护单位"，并获批国家 AAAAA 级旅游景区。

革命故事

新"愚公移山"

"一部林县志，满卷荒旱史""水缺贵如油，十年九不收"，这是林县过去的真实写照。在林县历史上有一个悲惨的传说：一位媳妇挑水时，不慎摔倒，把水洒了，因怕回家没法向家人交代，上吊身亡。

中华人民共和国成立后，身为林县县委第一书记的杨贵聆听了毛泽东大搞农田水利基本建设的指示后，决心带领全县人民发扬"愚公移山"的精神，打一场

修建"人工天河"红旗渠

红旗渠部分景观

兴修水利的硬仗，彻底改变林县贫困面貌。

1959年，正当水利建设取得重大胜利、夏收作物喜获丰收时，林县遇到了前所未有的大旱。流经林县的淇、淅、露、洹四条河流都干涸了，已建成的水渠无水可引、水库无水可蓄，很多村庄的群众只好翻山越岭取水吃，整个林县仿佛又回到滴水贵如油的从前。林县的群众说："挖山泉，打水井，地下不给水；挖旱池，打旱井，天上不给水；修水渠，修水库，依然蓄不住水。活人总不能让尿憋死呀！"

杨贵更是心急如焚，领导林县人民兴修水利的实践告诉他，单靠在林县境内解决水源问题已经不可能了。于是，他组织了三个调查组到山西境内去考察水源。当杨贵一行来到山西平顺县石城镇附近时，被峡谷中回响的巨大水流声震撼了，眼前竟是翻滚着波涛的浊漳河。据当地干部和水利人员介绍，浊漳河流经此地时，常年有25立方米／秒的流量，一到汛期流量在1000立方米／秒以上。

掌握了浊漳河的第一手资料，杨贵兴奋得夜不能寐。他打开地图，用红铅笔在几个设想的引水地点上重重地画了记号，一个前无古人的"引漳入林"的伟大构想在杨贵心中生成了。

1960年2月，"引漳入林"（后来改为红旗渠）工程开始了。近四万修渠大军浩浩荡荡地开向浊漳河边的修渠第一线，拉开了"千军万马战太行"的宏大序幕。

"既然愚公能移山，我们修渠有何难，立下愚公移山志，决心劈开太行山。"红旗渠修建过程中，内无经验、技术，外无资金支持。林县人民发扬艰苦奋斗精神，提出了"自力更生是法宝，众人拾柴火焰高，建渠不能靠国家，全靠双手来创造"的方针。他们自己烧石灰、制水泥、造炸药，充分展示了林县人民自力更生、勇往直前的豪迈之情。

当时参加工程修建的干部群众达30万人，经受了困难时期的考验，在环境极其恶劣、条件十分欠缺的情况下，以"与天斗，与地斗，敢教日月换新天"的大无畏革命精神和英雄气概，凭借一锤一钎一双手，在沟壑纵横、悬崖绝壁叠生的太行山上凿出了长达1500千米的"人工天河"。

在修建红旗渠的10年里，有81位同志献出了宝贵的生命。红旗渠不只是一座水利工程，更是一座民心工程、一座民族精神的丰碑。20世纪70年代，周恩来曾自豪地向国际友人介绍："新中国有两大奇迹，一个是南京长江大桥，一个是林县的红旗渠。"

历 史 链 接

杨贵（1928.5.28—2018.4.10），红旗渠总设计师。1954年4月，26岁的杨贵被任命为林县县委书记时，就下了决心，不管遇到多大困难，也要甩掉林县贫穷落后的帽子。他在林县整整工作了21年，率领林县人民，历经数载，修建了举世瞩目的红旗渠，创造了伟大的红旗渠精神。红旗渠的建成在国内外产生了巨大的影响，成为我国水利建设的一面旗帜。群众评价杨贵："古有都江堰，今有红旗渠；古有李冰，今有杨贵。"

塞罕坝

位于河北省承德市围场满族蒙古族自治县北部，地貌上界于内蒙古熔岩高原和冀北山地之间，以高原台地为主，面积为 20 029 公顷。主要景点有塞罕坝国家森林公园、塞罕坝草原、七星湖湿地公园等。在辽、金时期被称作"千里松林"，曾作为皇帝狩猎之所。因清朝开围放垦，以及日寇掠夺采伐和连年山火，原始森林荡然无存。中华人民共和国成立后，经过几代人的努力，重新建起万顷林海，成为国家级自然保护区、国家 AAAA 级旅游景区。塞罕坝国家森林公园被评为"爱国报国全国模范先进单位"；2017 年 12 月，被联合国环境规划署授予"地球卫士奖"。

革命故事

塞罕坝上"一棵松"

1961 年，国家决定在河北北部建设一座大型机械林场，遏制沙漠逼近北京的严峻形势，涵养京津地区水源。林业部有关领导和专家到塞罕坝考察选址时，看到林场北部红松洼的山坡上有一棵落叶松迎风卓立，大家激动不已，说："要好好保护这棵树，这是建场的依据，也是建场的决心和信心！"

解放初期的塞罕坝

如今，在塞罕坝，落叶松面积达 4.5 亿余平方米，是第一大树种。在塞罕坝人心中，最早让落叶松在塞罕坝大面积扎根的老书记王尚海，就是一棵挺拔的青松。

1962 年，刚满 40 岁的王尚海担任承德地区农业局局长，一家人都在承德市区生活。当党组织动员他去塞罕坝任机械林场第一任党委书记时，这位抗战时期的游击队队长毫不犹豫，像是准备奔赴新战场一般，离开原本舒适的楼房，带着一家人上了坝。

王尚海带领的是一支由 369 人组成的、平均年龄只有 23 岁的造林队伍，其中约三分之一是大中专学生。困难比王尚海想象中的要大。渴了，喝雪水、雨水、沟塘子里的水；饿了，吃黑莜面窝头、土豆和咸菜；房子不够住，就住仓库、马棚、窝棚、泥草房。最难熬的是冬天，最冷的时候零下 40 多摄氏度，嗷嗷叫的白毛风，吹到人身上刺骨地疼，一刮起来对面根本看不到人……当地人都说，别提造林，能在这里生存下来，就算是奇迹。

初来前两年，由于树苗不适应当地气候，塞罕坝造林成活率只有 8%。1963 年冬天，塞罕坝下了一场罕见的大雪，一些从城里来的大学生和工人被困在坝上，无法回家过年。思乡之情加上造林失败的坏情绪，不少人打起退堂鼓，甚至还有人写了歪词：天低云淡，坝上塞罕，一夜风雪满山川；两年栽树全枯死，壮志难酬，不如下坝换新天。

这一切，王尚海看在眼里，急在心上。他清楚，塞罕坝太需要一次成功了。于是，他穿上老皮袄，冒着严寒，骑上枣红马，带领中层干部跑遍林场的山山岭岭。他们发现，坝上残存的落叶松生长良好，还有不少直径一米以上的

塞罕坝林场

老伐根。"山上能自然生长松树，我就不信机械造林不活！"

1964年春季，王尚海选定了离总场只有5千米的马蹄坑进行"大会战"。由他带头，会战期间谁都不回场部，大家吃住都在山上。在翘尾巴河北岸，一排帐篷支了起来，一群不服输的塞罕坝人向荒原开战了！

连续多天，他们吃住在山上，共栽植落叶松34.4万平方米，当年成活率达到96%。王尚海激动得跪在山坡上，泪流满面。这一战，创造了我国高寒地区成功栽植落叶松的先例。现在，在马蹄坑造林会战区，一块写着"绿之源"的石碑告诉人们：这里正是百万亩绿色林海的起源地。

在漫长的发展历程中，塞罕坝林场曾经多次遭遇"机械造林失败""下马风波"，冰霜、雾凇、干旱等气象灾害更是多发、频发……但面对重重困境，王尚海带领塞罕坝人始终坚持以造林绿化为崇高使命，坚持"先治坡、后治窝，先生产、后生活"，兢兢业业，拼搏不息。如今，这里是超百万亩的世界最大人工林，林场使当地森林的覆盖率提升到80%，为京津冀地区构筑起一道绿色屏障。

1989年底，积劳成疾的王尚海在生命弥留之际，说出了留给亲人的最后一句话："塞……罕……坝……"遵从他的遗愿，这年12月24日，王尚海的骨灰被撒在了马蹄坑，伴他长眠的那片松林也被命名为"王尚海纪念林"。

历 史 链 接

"万里蓝天白云游，绿野繁花无尽头。若问何花开不败，英雄创业越千秋。"这是20世纪80年代，著名作家魏巍为塞罕坝赋的一首诗。半个多世纪以来，塞罕坝人以坚韧不拔的斗志和永不言败的担当，将"黄沙遮天日，飞鸟无栖树"的荒漠沙地变成了"河的源头、云的故乡、花的世界、林的海洋、鸟的乐园"。据测算，塞罕坝每年为京津地区涵养水源2.84亿立方米，固定二氧化碳86万多吨，释放氧气近60万吨。塞罕坝人用实际行动诠释了"绿水青山就是金山银山"的理念，铸就了"艰苦奋斗、使命至上，科学求实、开拓创新，无私奉献、爱岗敬业"的塞罕坝精神，成为中国共产党精神谱系的组成部分。

小岗村

位于安徽省凤阳县小溪河镇，是中国农村改革的发源地。1978年冬，18位农民以"敢为天下先"的胆识，在"秘密契约"上按下了鲜红的手印，拉开了中国农村改革的序幕。改革开放40多年来，小岗村发生了翻天覆地的变化，创造了"小岗精神"，成为农村新政策、农业新发展的时代先锋。该村入选《全国红色旅游经典景区名录》，先后被评为"全国特色景观旅游名镇名村""中国最美乡村""安徽省爱国主义教育基地""安徽省乡村旅游示范村"等。

革命故事

18个红手印

1978年12月的一个寒冷的冬夜，在小岗村村民严立华家摇摇欲坠的茅草房里，油灯一跳一跳的火焰照亮了18个庄稼汉略显亢奋的红脸膛。

大家有的坐在草垫子上，有的蹲在地上，围着一张小矮桌。生产队副队长严宏昌开门见山地说："大家都说说，有什么办法能让我们填饱肚子？"

大家你一言我一语地议论开来。有的说："干活'大呼隆'、分配'大锅饭'，严重挫伤了大家伙的生产积极性。"还有的说："一年挣的工分只能分到百把斤粮食，根本不够吃。小岗都穷到梢了，不分到户不行的！"

"吃粮靠返销、用钱靠救济、生产靠贷款，咱村是出了名的'三靠'，"严宏昌接着说，"作为农民，只能向土地讨生活。要想活命，再这样下去不行！我们试试包产到户、分田单干！"

"绝密会议"开了3个多小时，在大家达成共识后，严宏昌在一张皱巴巴的纸上写下："我们分田到户，每户户主签字盖章，如以后能干，每户保证完成每户的全年上交和公粮，不再向国家伸手要钱要粮。如不成，我们干部坐牢杀头也甘心，大家社员也保证把我们的小孩养活到18岁。"18位庄稼汉托孤求生、立誓为盟，签订"秘密协议"，按下鲜红手印。

会议一结束，他们就连夜抓阄分牲畜、农具，把耕地按人头包到了户，轰轰烈烈的"大包干"由此开启。小岗村农民憋了多年的干劲爆发出来，没有人再偷懒，一家老小没日没夜地在田地里干活。

1979年10月，打谷场上一片金黄。小岗村粮食总产量6.65万千克，粮食产量比前一年增加4倍，相当于1955年到1970年粮食产量的总和；农民收入增长16倍，人均收入从上年的22元跃升到350元。小岗村第一次向国家贡献粮食3.25万千克，油料1万千克，第一次归还国家贷款800元，第一次留储粮食500多千克，留公积金150多元。

小岗村的创举犹如一声春雷，传遍全国，小岗村成为"中国农村改革第一村"。2018年12月18日，党中央、国务院授予小岗村"大包干"带头人改革先锋称号，称他们为"农村改革的先行者"，并为他们颁授改革先锋奖章。

18个红手印

18 位农民万万没有想到，当年在煤油灯下写得歪歪扭扭，句子既不连贯，也没有标点符号，而且还有很多错别字的"生死契约"竟成了中国农村改革的第一份宣言，开创了中国家庭联产承包责任制的先河。

历 史 链 接

从 1978 年到 2009 年，小岗村人又按过三次红手印，他们以这种方式，留住一个叫沈浩的挂职干部。2004 年初，40 岁的沈浩从安徽省财政厅到小岗村挂职第一书记。在第一个三年挂职期间，他带领小岗村人建起了大包干纪念馆和养殖示范区，村办企业也红火起来。沈浩的挂职期限到了后，98 个村民一合计，一个个郑重地按下红手印，挽留他们的好书记。在接下来的三年里，几十亿的招商项目落地小岗村，大家的腰包一天天地鼓了起来。2008 年底，小岗村的人均纯收入达到 6600 多元。第二个任期快结束之前，186 个小岗村人又一次按下红手印，他们想再留沈书记三年。可没想到，2009 年 11 月 6 日，沈浩因过度疲劳导致心脏病突发而逝世。村民们满怀不舍，第三次按下了红手印，他们要把沈浩的骨灰留在小岗村。11 月 8 日接回沈浩骨灰那天，小岗村的男女老少泪飞如雨。

莲花山

位于广东省深圳市福田区莲花街道，因山形似莲花而得名，海拔106米。莲花山公园占地面积近2平方千米，是市区内面积最大的市政公园。主峰之巅是邓小平铜像广场，铜像高6米，重6吨，为改革开放总设计师邓小平阔步向前的英姿。公园以"莲山春早"的名义入选"深圳八景"之一，成为中华民族不甘落后、拼搏奋斗的精神图腾。公园先后被评为"深圳市爱国主义教育基地""广东省红色旅游示范基地""广东省爱国主义教育基地""第二批国家重点公园"。2016年12月，入选《全国红色旅游经典景区名录》。

革命故事

春天的故事

"一九七九年，那是一个春天，有一位老人，在中国的南海边画了一个圈，神话般地崛起座座城，奇迹般地聚起座座金山……"这首描述改革开放总设计师邓小平南方谈话的歌曲《春天的故事》，一经问世，就被大众传唱开来，成为时代主旋律。

发行中华人民共和国第一张股票，敲响中国土地拍卖"第一槌"……在前无古人的事业前，广东省深圳市从贫穷落后的渔港小镇，凭借"敢闯敢试、敢为人先、埋头苦干"的特区精神，发展成为我国改革开放精彩的起笔、生动的样板。

作为深圳建设的重要参与者，基建工程兵部队是名副其实的深圳最早的"拓荒牛"。他们以人民军队的优良传统和作风，为这座城市留下精神的胎记，成为特区精神的主要塑造者之一。

1979年9月，按照国务院、中央军委的命令，近2000名基建工程兵组成先遣团一路南下，拉开了建设深圳经济特区的大幕。广大官兵直到走出深圳火车站时才明白为什么要派他们来建设深圳特区，面对一片荒芜的深圳，官兵们被"震惊"了。这里要水没水，要电没电，要通信没通信，要道路没道路，要什么没什么，当地的施工队伍谁也不愿意来。

这支在人民军队序列中"劳武结合、能工能战、以工为主"的基建工程兵部队在深圳摆开"战场"，争分夺秒地打响特区建设的"第一枪"。当时，深圳物资供应不足，施工工具缺乏，大家只能轮换使用工具，昼夜倒班赶工期。抽水机不够用，就用洗脸盆接力排水；施工材料运输跟不上，他们就靠肩扛手抬把材料运到作业面；没有地方住，他们就地埋锅做饭，用毛竹搭起竹棚……

这一干就是好几年。他们以苦为乐、移土填海，和此后陆续到来的两万多名战友一起，在荒滩上搭建起这座新城坚实的"骨架"，奏响开拓、创新、奉献的时代强音。荒山野岭挺起林立高楼，泥泞之路变成通畅大道，从第一栋高层建筑深圳电子大厦，到深圳首座直升机场，一座座地标成为这支铁军的"勋章"。

1983年，两万多名基建工程兵集体就地转业。脱下军装，这支铁军本色不改，成为正处于起步阶段的深圳特区各条战线上的骨干人才。深圳大胆改革创造出的许多个"中国第一"里，都有着他们拼搏的身影。

深圳奇迹的背后，是无数奋斗者逢山开路、遇水架桥的勇气、担当和智慧。正是一批批像基建工程兵这样的"拓荒牛"，才把一个贫穷落后的边陲小镇建设成为充满魅力、动力、活力、创新力的现代化都市。

历 史 链 接

1978年党的十一届三中全会做出实行改革开放的重大决策后，1979年7月，中央根据广东、福建两省靠近港澳、资源丰富、便于吸引外资等有利条件，决定对两省的对外经济活动给予更多自主权，使之发挥优越条件先走一步，把经济尽快搞上去。1980年5月，中央确定在深圳、珠海、汕头、厦门各划出一定区域试办经济特区，这成为我国对外开放的第一步。邓小平评价经济特区"是个窗口，是技术的窗口，管理的窗口，知识的窗口，也是对外政策的窗口"。经济特区的成功创建，为进一步扩大开放积累了经验，有力推动了中国改革开放和现代化进程。

开山岛

位于中国黄海前哨，东经灌河口外9.5千米处，面积仅0.013平方千米，隶属于江苏省连云港市灌云县燕尾港镇开山岛村，是一个国防战略岛，地理位置十分重要。1939年，日军攻占灌河南岸，就是以此岛为跳板。王继才、王仕花夫妇从1986年7月15日起，为国守岛32年。2018年7月王继才去世后，王仕花成为民兵哨所荣誉所长。由3名共产党员、退役军人组成的值勤班对开山岛进行常态化值守。2021年6月，开山岛获评江苏省首批100个红色地名，岛上的"开山岛夫妻哨"事迹陈列馆被中宣部命名为"全国爱国主义教育示范基地"。

革命故事

不灭的灯塔

1986年7月，基干民兵王继才经灌云县人民武装部考察后，成为开山岛第五任"岛主"。由于这座小岛无电无淡水，不适宜长期居住，前四任"岛主"最长值守了13天，最短值守了3天。

开山岛虽然只有两个足球场大，但是属于黄海前线第一岛，战略意义非常重要，上级军事机关决定在岛上设立民兵哨所。受领任务后，王继才首先想起曾参加过解放战争的舅舅对他说过的一番话："你们这代人一定要守住领土。如果国防需要你出力，你得上！"王继才决心干出个样子来。

王继才上岛48天后，事先不知情的妻子王仕花找上了岛。看到丈夫独自一人守在连植物都难以存活的孤岛上，她心疼地劝他回去。王继才说："你不守我不守，谁守？"他把妻子送下岛，没想到20多天后，王仕花辞去小学教师的工作，也上了岛。就这样，夫妻俩成了名副其实的"黄海前哨守岛人"。

　　王仕花上岛后,丈夫是哨所所长,她是哨兵。就这样,一座孤岛,两个民兵,一起劳动,一起巡逻。王仕花个矮又胆小,刚开始听着呼啸的海风、拍打的海浪,心里就打战,整夜不能入睡。后来,她慢慢习惯了,即使王继才有事出岛三五天,她也能把小岛看守得好好的。钻坑道、察海情、辨船只、记日志,王仕花样样拿手。

　　岛上没有电,夏天格外湿热,他们就睡在房顶上吹海风;冬天冷风刺骨,他们就住进防空洞里避风。天长日久,两人都患上风湿性关节炎和严重的湿疹。医生说,只有离岛才能根治。有一次,台风一连刮了17天,岛上的粮食吃完了,只剩下半桶淡水,夫妻俩用背包带拴在腰间,顶着狂风在礁石上捡海螺充饥,就这样撑了3天,才等到送给养的船只上岛。

　　守岛期间,王继才的父母先后病重离世,他都没能守在身边。1987年7月,王仕花临产时正赶上强台风来袭,无法下岛,王继才急得捶胸顿足。王仕花忍着巨大的疼痛,教丈夫烧开水、煮剪刀,让王继才当起了“接生医生”。当儿子发出第一声啼哭时,王继才瘫坐在地上哭了。但这些都没有改变他们上岛的初心。王继才常说:“岛就是国,守岛就是守国门,开山岛虽小,但这是神圣领土,必须每天升国旗。”守岛32年,夫妻俩每天早晨起床后的第一件事就是升国旗,一人当升旗手,一人当护旗兵,无论刮风下雨,从未间断。

　　刚上岛时,一盏煤油灯、一个煤炭炉、一台收音机就是他们的全部家当。收听广播是王继才获知外界信息的唯一途径,32年来,他在开山岛用坏了20多台收音机。

　　有些人认为,王继才常年守岛,报酬肯定不低。其实不然,民兵是不脱离生产的群众武装组织,执勤、训练只有误工补助,没有正式工资。20世纪

王继才与家人的合影

90 年代，王继才夫妻俩每年的补助是 3700 元；1995 年，开山岛建起灯塔后，每年又增加了 2000 元守护费。这点补助，常常让夫妻俩捉襟见肘、入不敷出。

在金钱面前，王继才一贯有自己的原则。走私的、偷渡的、打着旅游幌子想开色情场所的，多次找到他。面对不法分子送上门的一沓沓现金，王继才断然拒绝。32 年来，王继才协助公安边防部门破获多起走私、偷渡案件。

在不法分子眼里，王继才是个不开窍的"铁疙瘩"；而在渔民眼里，王继才是"海上守护神"。渔民晚上出海，他会亮起航标灯；遇到雾天能见度低，他就在岛上设法提醒渔船避礁航行；过往渔民缺粮少药，他就拿出自己的备用粮食和药品接济；遇到海上遇险船只和人员，他总是舍命相救。

2018 年 7 月 27 日，王继才执勤时突发疾病，经抢救无效去世，年仅 58 岁。习近平总书记对王继才事迹做出重要批示：我们要大力倡导这种爱国奉献精神，使之成为新时代奋斗者的价值追求。

斯人已去，精神不逝。王继才就像开山岛上不灭的灯塔，照亮人们的心灵，引导着后来者前行。

历 史 链 接

2021 年 6 月 18 日，由陈力执导，刘烨、宫哲主演的电影《守岛人》公映，上映不到一个月，总票房就破亿元，赢得广泛好评。该剧以"人民楷模"王继才、王仕花夫妇的感人事迹为原型，讲述这对夫妇 32 年如一日坚守开山岛、无怨无悔献身海防事业的感人故事，讴歌了他们的爱国奉献精神。《守岛人》虽是小题材、小故事，却蕴含了大格局与大情怀。它讲述的是个体如何坚守自己的信念，如何在艰难环境中守护不变的家国情怀。守岛人守护的，不仅是一个岛，更是一种精神、一种信念，是这个时代应该追随的精神坐标。2021 年 12 月，《守岛人》在第三十四届中国电影金鸡奖颁奖典礼上获得最佳故事片。

参 考 文 献

[1] 中共中央党史研究室.中国共产党的九十年 [M].北京：中共党史出版社，2016.

[2] 中国共产党中央委员会组织部.中国共产党组织建设一百年 [M].北京：党建读物出版社，2021.

[3] 黄小同.中国共产党历史重要文献辞典 [M].北京：中共党史出版社，党建读物出版社，2019.

[4]《中华人民共和国简史》编写组.中华人民共和国简史 [M].北京：人民出版社，2021.

[5]《中国人民解放军历史资料丛书》编委会.中国人民解放军历史资料丛书 [M].北京：解放军出版社，1999.

[6]《中国人民解放军军史》编写组.中国人民解放军军史 [M].北京：军事科学出版社，2011.

[7] 刘全胜等.中国军事百科全书 [M].北京：中国大百科全书出版社，2007.

[8] 国家发展和改革委员会社会发展司，文化和旅游部资源开发司.红色旅游发展典型案例汇编 [M].北京：中国旅游出版社，2021.